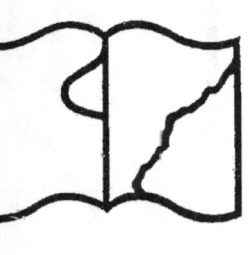

TEXTE DETERIORE
RELIURE DEFECTLEUSE

NF Z 43-120

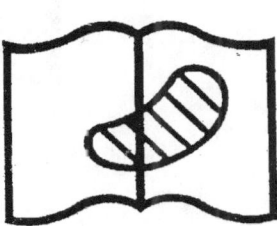

ILLISIBILITE PARTIELLE

"VALABLE POUR TOUT OU PARTIE DU DOCUMENT REPRODUIT";

CONTRASTE INSUFFISANT

NF Z 43-120

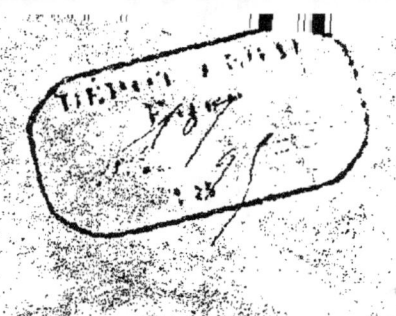

Grammaire de Construction

238

PLEUREUSES

IL A ÉTÉ TIRÉ DE CET OUVRAGE

DIX EXEMPLAIRES SUR PAPIER DE HOLLANDE

NUMÉROTÉS A LA PRESSE

HENRI BARBUSSE

PLEUREUSES

PARIS

BIBLIOTHÈQUE-CHARPENTIER

G. CHARPENTIER et E. FASQUELLE, ÉDITEURS

11, RUE DE GRENELLE, 11

1895

A

CATULLE MENDÈS

H. B.

LA PLEUREUSE

Oh bien des fois, au gré du rêve où tu te penches,
Tu vis le hameau calme avec ses maisons blanches,
Et la paix de l'azur a fait pleurer ta paix.
Et bien des fois, la nuit, lorsque tu regardais,
J'ai senti ta douleur monter jusqu'aux étoiles,
Et te vis épier dans l'ombre où tu t'étoiles
Cet immense malheur qu'on ne peut pas savoir...
Lorsque nous regardons monter la mer du soir,
Ainsi que deux faux dieux sur les mornes rivages,
Nous voyons devant nous passer de grands veuvages
Et c'est ton désespoir qui souffre avec douceur.
Désert de ton frisson, pauvreté de ton cœur !

Et tu vas inquiète, et très calme et très seule,

O si jeune âme avec des mains comme une aïeule,

Toi qui, pauvre rêveuse, avais aux temps lointains

Dans les nuits de bonheur des songes enfantins,

Qui, bercée à la voix d'aurore qui se lève

Et souriante encor d'une écharpe de rêve,

Dans le ciel du matin n'as trouvé que l'azur !

Si le dieu de cœur simple est le seul dieu très pur,

Pleure la grande vie et tout ce que vous faites,

O vous qui souriez, ô ceux que tu rachètes

Quand lasse, dans les champs d'étés et de sommeil,

Tu sens se dévaster la pitié du soleil !

Et je te dis souvent que nous sommes sublimes

Et qu'il est un mystère, et que nous l'entendîmes ;

Et je te dis cela quand nous nous effleurons

Quand le demi-sommeil laisse errer nos deux fronts

Et que la lampe est douce au fond de l'âme close...

Et sans me regarder, tu pleures d'autre chose.

MESSE DU PASSÉ

Je te bénis d'amour...

TABLEAUX

Chaque parole est un sourire.

.

I

Au fond du vieux salon où le bal se précise,
Les traines de satin, couleur de demi-jour,
Suivent avec lenteur la musique indécise.

Au coin où le silence a dormi tout le jour,
Une dame au cou pâle est mollement assise
Et verte du reflet, rêve sous l'abat-jour.

1.

L'éventail bat de l'aile avec délicatesse,
Les lampes aux doux yeux ont un regard lointain,
Les couples effacés valsent dans la tristesse.

O fronts mornes, tournez, tournez jusqu'au matin,
Ames sans pleurs tournez de la même vitesse
Dans votre sombre extase et votre amour éteint.

II

J'ouvre les yeux, lassé par la très longue veille ;
C'est la chambre dolente et l'ombre dans le coin,
Et la voix de l'horloge à voix toujours pareille.

La fenêtre confuse éclaire par un joint
D'une mince lueur le plafond qui sommeille ;
Dans la rue, une voix se lamente très loin.

La paix des grands rideaux où l'âme tiède est prise
Garde ses longs plis morts sur mon repos très lourd,
Et mon demi-sommeil rêve dans l'heure grise...

J'entends des bruits craintifs dans la maison, autour ;
Elle approche à pas doux pour n'être pas surprise,
Et par la porte blanche elle entre avec le jour.

III

Aux sentiers où je vais mon pas triste résonne.
Nous nous sommes quittés ; il fait froid, il a plu ;
Je viens dans le grand parc où ne vient plus personne...

Nous nous sommes quittés, puisque tu l'as voulu.
O pauvre cœur désert où le grand vent frissonne,
Pauvre cœur désolé de l'automne, salut !

Le silence et le deuil tendent la forêt nue,
Les feuilles sur le sol gisent, en désarroi,
Je pense aux chemins clairs où ta grâce est venue !

Et le ciel s'assombrit lentement, il fait froid,
Mon âme douloureuse erre dans l'avenue
Et la grande nature est plus triste que moi.

IV

Au bord de la fontaine où je vais à pas lents,
La statue, au milieu de la pénombre, écoute
Le murmure de l'eau qui baigne ses pieds blancs

Et l'on perçoit au loin sous l'ombre de la voûte
Et le deuil désolé des grands rameaux dolents,
La fontaine qui tremble et pleure goutte à goutte.

Oh ! tout est plein ici du rêve de l'adieu.
Un frisson morne court dans la forêt pâlie...
On croit voir lentement sortir du lointain bleu,

La sainte qui le soir, si triste et si jolie
Venait dans la clairière où tout veillait un peu,
Traîner sa robe pâle et sa mélancolie...

ADIEU

Consolez presque les heures...

L'aube est encore pâle, et c'est bien loin, demain...
Inclinez vos fronts purs en passant sous les branches,
Et puis, toutes les deux, très calmes et très blanches,
Allez dans les champs gris en vous donnant la main.

Je ne reviendrai plus dans la ville si belle
Qui sur l'horizon las s'endort d'éloignement ;
Le petit bois ému m'attend plaintivement,
Et là-bas ma maison regarde devant elle.

Je suis parti bien loin des âmes que j'aimais.
Je marche le cœur vide et les mains conquérantes,
Je marche devant moi sur les routes pleurantes
Et j'irai doucement sans m'arrêter jamais.

Nous ne toucherons plus les choses anciennes,
Vous ne me suivrez pas où je m'en suis allé ;
Vos âmes auraient froid sous ce ciel désolé,
Et vos petites mains trembleraient dans les miennes.

Mon souvenir, la nuit, qu'il soit paisible et vieux,
Pour que l'aube en entrant dans la chambre encor vague
Et touchant faiblement votre front qui divague,
Ne vous retrouve pas des larmes dans les yeux.

Vous pourrez en quittant l'odeur des chèvrefeuilles,
Lentes, vous promener sur les grands prés unis,
Aller dans les bosquets, pleins du concert des nids,
Et voir un peu d'azur dans les dessins des feuilles.

Le bois silencieux, sombre et profond tableau,
Le mystère vaguant sous la douceur des aulnes,
Le soleil se jouant dans les nénuphars jaunes,
L'adieu long des reflets à la fuite de l'eau...

A moi la plaine nue où mon orgueil se dresse,
Le ciel gris, l'azur mort sans chanson et sans vol.
D'un horizon à l'autre, en effleurant le sol,
Les ailes du grand vent passent avec tristesse.

Que vous importe, à vous ! vous avez vos sous-bois,
Les lis que vous cueillez avec vos mains de vierges,
L'eau qui court au milieu du demi-jour des berges
Et qu'on fait murmurer en y trempant les doigts...

DANS LE PASSÉ

Je me suis retiré doucement pour rêver
Dans ce coin où les chants se perdent en murmures.
Le vertige du bal tombe au pied des tentures,
Et la blonde aux yeux gris ne peut plus me trouver.

Voici ma vision qui s'emplit de vieillesse ;
Je vois au fond de moi des bals, des bals lointains,
Avec leurs pas confus et leurs feux incertains,
Et la voix qu'ils avaient en mourant de tristesse.

J'ai construit au hasard le doux rêve effleuré...
Une vieille habitude y revient la première,
Puis un peu de musique y tremble sans lumière
Et cherche le bonheur dont elle avait pleuré.

Je ne sais plus la main qui s'est abandonnée,
Mais mon cœur se souvient qu'elle frémit un peu.
J'ai perdu lentement la parole d'aveu,
Mais gardé la douceur qui me l'avait donnée.

Je n'ai rien ajouté qui ne fût pas en moi ;
Je n'ai point ici-bas de lyre ni de muse,
J'ai fait parler le songe avec sa voix confuse
Et j'ai laissé l'oubli dormir auprès de toi.

Et pourtant, j'ai senti dans la vision brève
Quelle mélancolie erre sous la clarté,
Et regardé longtemps le départ attristé
Que tes pas fugitifs ont laissé dans mon rêve.

Comme, dans le chemin que nous avons rempli,
Nous sommes loin depuis que nous nous en allâmes !
Le bonheur éternel est au fond de nos âmes,
Triste comme un départ et doux comme un oubli.

Maintenant laissez-moi dans ma chambre endormie,
Laissez-moi mépriser vos bals et vos printemps,
A moi qui n'ai trouvé que quelques pas du temps
Entre l'enfant joyeuse et la tranquille amie.

Laissons la joie à ceux qui vivent d'espérer ;
Je prendrai mon amour dans mon âme impassible,
Et je l'entourerai de la douceur paisible
Qui ne veut plus sourire et ne sait pas pleurer.

Pourquoi mêler la joie à sa mansuétude,
Pourquoi vouloir aimer ce qui n'est pas l'amour?...
Si je la rappelais à la clarté du jour,
Elle y remonterait avec sa solitude.

2.

Heureux, toi dont l'orgueil n'a plus besoin d'aveu,
Heureux, ô toi qui vas tout seul parmi le monde,
Qui sais que tout sourire a sa douleur profonde,
Et comprends qu'un bonheur est rempli d'un adieu.

Les hommes à tes pieds frémissent de désastres,
Les cœurs épouvantés pleurent leur chant d'un jour ;
Dans la nuit où les yeux cherchent des yeux d'amour,
Tu vois un ange obscur trembler parmi les astres.

L'ÉLOIGNEMENT

Le passé qui passe...

Je ne reverrai plus les aveux incertains
Qui passaient autrefois sur tes lèvres peureuses,
Ton sourire d'enfant, ni ces objets lointains
Que nous avons touchés avec nos mains heureuses.

Peu à peu j'avais fait un beau rêve de toi,
Mon âme le suivait avec mansuétude
Et sans lever les yeux pour le voir devant soi,
Elle a continué la paisible habitude.

Je marche longtemps seul où je fus avec toi,
Je viens au rendez-vous comme un ami docile
Et je te vois passer doucement devant moi
Pleine d'éloignement et de clarté tranquille.

Reste grave et lointaine, oh ! ne viens pas, là-bas,
Mes pauvres souvenirs en seraient morts de joie...
Laisse-moi m'endormir, hélas ! ne reviens pas
Avec tes petits pieds et ta robe de soie.

Reste grave et lointaine, oh ! ne viens pas troubler
Le rêve assoupissant que j'avais tout à l'heure,
Je te bénis d'amour, toi qui vas t'en aller,
Je te bénis d'amour dans ma maison qui pleure.

PENDANT LA PRIÈRE

Oh ! je voudrais revoir mes douleurs d'autrefois.
Je les laissai partir mais je les connais toutes,
Pauvres âmes sans pain qui marchent sur les routes
Et qui pleurent d'extase au pied des grandes croix.

Oh l'enfant aux yeux bleus qui sans force et sans crainte
Sourit de son air las devant un grand lis blanc ;
L'ange qui vient du ciel tranquille et consolant
Et qui tient une palme entre ses deux mains jointes.

Le temple ténébreux, le temple illuminé
Ouvrait sur ma douleur ses voûtes toutes grandes,
Hélas, je suis venu pour que tu me le rendes,
Le pauvre apaisement que je t'avais donné.

Qu'ils ont souffert, les saints qui sourient dans leurs geôles ;
Souvent quand ils traînaient leur longue passion,
Qu'ils ont dû, frissonnant sous la tentation,
Pencher leurs cous humains et leurs frêles épaules !

Et pourtant, la douleur abandonne la chair ;
Les yeux las de pleurer laissent l'âme assouvie.
Quand nous nous revoyons en rêve dans la vie
Nous ne savons plus bien que nous avons souffert.

La rue était déserte en bas des cieux livides ;
Après la nuit d'orgueil et de bonheur hautain,
En revenant à moi dans le froid du matin
Je me suis retrouvé plaintif et les mains vides.

On ira dans mon rêve ardent qui resplendit
Cueillir nos beaux sanglots comme des grappes mûres :
Leur espérance ira parler dans nos murmures,
Ils ne comprendront pas ce que je t'aurai dit.

Ils ne comprendront pas les longs secrets de phrases
Où quelque souvenir s'éveillait à demi,
Notre grâce, et l'espoir, ce grand et vieil ami,
Nous prenant par la main au chemin des extases.

Puis tes yeux s'éteindront sur le rêve éternel,
Puis plus rien que les fleurs que nous avons cueillies
Penchant leurs chagrins morts sur leurs tiges vieillies,
Et notre église ouverte aux regards bleus du ciel.

Je te voyais passer, sainte, silencieuse,
J'ai vu passer la brève et fuyante clarté ;
Oh ! je voudrais toucher avec timidité
Tes lèvres de silence et ta robe pieuse...

Puis tous les souvenirs dans un large frisson
Se relevaient, ainsi qu'une foule bénie...
Une nuit j'écoutais la lointaine harmonie
Tandis que je veillais tout seul dans ma maison...

Un homme lentement montait l'escalier sombre,
J'entendais la tristesse égale de ses pas,
Puis il s'est arrêté comme s'il était las...
Oh je veux enfouir mes rêves dans ton ombre !

I

Elles sont mortes, ses amies,
Et ses amis, ils sont là-bas...
Elle s'avance à petits pas
Parmi des choses endormies.

Son âme se plaint doucement,
Dans les sous-bois, près des fontaines,
Elle voit des formes lointaines
Qui vont, pleines d'apitoiement.

3

Devant sa pauvre âme tremblante
Tous les souvenirs sont passés,
Le soir, avec leurs dos lassés,
Et leur démarche nonchalante.

Dans son calme fauteuil de bois,
Je vois sa taille qui se penche,
Puis je vois sa figure blanche
Qui sourit parmi les sous-bois.

Ses pieds mignons foulent les mousses,
Les oiseaux ont de petits cris,
Et ses amours et ses yeux gris
Sont de vieilles histoires douces.

On eût dit qu'elle allait parler,
Ses lèvres chuchotaient entre elles,
Et l'on voyait dans ses mains frêles
L'habitude de consoler.

Mélancolique et matinale,
Quand je regarde, je la vois,
Très vieille avec sa vieille voix,
Dans les feuilles de soleil pâle.

Et ce n'est plus le beau soleil ;
C'est le soir, dans le salon tiède :
Le feu, la lampe... On cause, on cède
Aux baisers aimants du sommeil.

Au foyer une flamme rampe,
Et dans le salon qui s'endort,
Quelques amis qu'éclaire encor
La lueur faible de la lampe...

Puis, il te faudra les quitter.
Le jour souffre et revit encore :
Mais toi, la blancheur de l'aurore
Ne te fera plus grelotter.

La mort viendra sans te le dire
Toucher tes lèvres sans couleur,
Où la joie, et puis la douleur
Sont mortes dans un lent sourire ;

Puis ton cœur, maison du bon Dieu,
Où tant d'amis étaient ensemble
— Et leurs fronts dans la nuit qui tremble
Se diront vaguement adieu —

Tes yeux, où les jours sans secousse
Ont mis de la tranquillité,
Et tes épaules de beauté
Que la fatigue a faites douces.

II

Et la vieille dame était morte.
Alors je suis venu vers toi,
Un jour qu'il faisait triste et froid
Et qu'il pleuvait devant ta porte.

Je vis tes longs cheveux bouclés
Et leur or pâle qui frissonne,
Et ta piété monotone
Dans tes yeux bleus et désolés.

Ta robe droite du dimanche
Laissait à nu ton petit cou.
Tu ne me parlais pas beaucoup,
Tu rôdais dans la maison blanche...

3.

... J'entendais rêver des ruisseaux
Sous le repos des saules pâles.
Dans mes mains tristes et royales
J'ai tenu leurs âmes d'oiseaux...

Tu fus la clarté gracieuse
Qui m'environnait, et je sais
Qu'au fond, un peu, tu frémissais
Avec ton âme sérieuse...

Elles ont des rondes d'amour
Et des yeux de petites filles.
Elles ont des bouches gentilles
Et des questions, tout autour...

Elles m'ont reçu. Le jour baisse
Dans les cieux nouveaux et troublés,
Et nous nous sommes en allés,
Les yeux fixés sur la tristesse.

Et maintenant je suis bien loin
Des vieilles salles de familles,
Et bien loin des petites filles
Qui sont très tristes dans leur coin.

III

Au pays morne sans saison
Où seul je vais, lent patriarche,
Je vois s'ouvrir devant ma marche
Le grand regard de l'horizon.

Je porte en moi ma vie altière.
Le ciel est gris ; mon cœur se fond
Dans mon orgueil vide et profond
Comme un bonheur dans la lumière.

NOUS NOUS SOMMES REVUS

Le silence est un pardon
Plus triste.

Nous avons eu le jour et le matin livide
Et le rêve éternel que nous rêvions en vain...
Nous avons eu la vie avec sa place vide
Et le large soleil sans parole et sans pain !

Nous avons eu la paix de toutes les journées,
Les rêves de voix basse et les repos trop lourds.
Et nous nous en allons avec nos destinées
Et nos yeux désolés se chercheront toujours.

Oh! que tu dus souffrir tandis que l'ombre rampe,
Que la chambre s'emplit de la pâleur des cieux,
Que le soir indolent en attendant la lampe
Fait toute attente grise auprès des rideaux vieux.

Que t'importe à présent l'espoir crépusculaire,
Assise avec le soir, douce sainte d'amour.
Oh! tu ne songeais plus à lever ta paupière
Vers le côté divin d'où tombe un peu de jour.

Passons, passons toujours, errons où nous errâmes
Et regardons l'espace à nos yeux étendus,
Pauvres gens isolés dans le parc, pauvres âmes
Qui voulions retrouver le paradis perdu!

Tout est mort, tout est mort, l'azur et l'innocence,
Et ce que veille l'ombre et ce qui nous attend,
Et tout ce qu'on bénit quand on passe en silence
Et tout ce qu'on écoute et tout ce qu'on entend!

Parcourons le vieux parc qui jadis fut le nôtre,
Le parc de vieux étangs, de feuilles et d'amours,
Marchons désespérés et très doux l'un à l'autre...
Oh! la vie, oh! le mal de s'en aller toujours!...

TRES VIEUX RÊVES

LES SAINTS

Les saints, derrière les barreaux,
Pâles figures oubliées,
Joignent leurs mains extasiées
Dans l'aube égale des vitraux.

Leurs espoirs vont, lentes épaves,
A l'infini morne des mers,
Et l'épouvante des enfers
Vient expirer à leurs pieds graves.

Ils joignent les mains, et parfois,
Dans le fond de l'église obscure,
Ils sentent comme un long murmure
Passer les hymnes, grandes voix.

Leur longue robe de martyre
Tombe sur leur corps dédaigné,
Et leur visage résigné
A toujours le même sourire.

Ils ont tout oublié, chemins,
Calvaire, amour, gloires brillantes,
Et les bourreaux aux mains sanglantes,
Et les mères aux douces mains.

Ils ont oublié les longs râles,
Les nuits funèbres sans sommeil,
Dans le pacifique soleil
Qui vient réchauffer leurs fronts pâles.

Qu'importe l'amour des humains,
Le monde aux fanfares étranges?
Ils savent que le Dieu des anges
Etend sur eux ses grandes mains.

Les hommes ne sont pas les maîtres
Du sort monotone et railleur.
Un jour, sur l'immense malheur
Vous pencherez vos fronts, ô prêtres!

La paix a son asile pur
Comme une église aimante et vierge,
Et le soleil est un grand cierge
Dans le sourire de l'azur.

Notre orgueil a la chair meurtrie,
On a brisé son cou brutal,
Et la vie est un hôpital
Bien plus qu'une ménagerie.

4.

Là-bas, aux pays effrayés,
On entrevoit l'horizon large
Et les montagnes que surcharge
Le diadème des glaciers.

Heureux vous dont l'âme est ravie,
Vous qui trônez, vous qui voguez,
Mais nous, nous sommes fatigués,
Et nous n'irons plus dans la vie.

A présent le repos... O Dieu,
Laisse rêver au concert vague
Notre cœur aimant qui divague
Tout enveloppé de ciel bleu.

La vie étincelle et flamboie,
L'orgueil fait palpiter les seins;
Nous sommes pareils à des saints,
Nous n'aurons plus de cris de joie.

Notre âme se ferme au réel
Comme une fleur des grands espaces ;
O Dieu, pour nos prunelles lasses
Le monde a la couleur du ciel.

Oh ! depuis la lutte première,
On nous fit si souvent gémir...
Nous voudrions nous endormir,
Les yeux fixés sur la lumière.

Nous avons mis dans les grands cieux
Le soir doux de notre faiblesse ;
Sur le passé divin, qu'on laisse
Errer nos purs et tristes yeux.

Parmi nos rêves monotones
Dans le fond des temples dormeurs,
Nous écouterons les clameurs
Qui berceront les nuits d'automnes.

Nous rafraîchirons nos fronts las
Dans les soirs aux douces haleines;
Sous les étoiles souveraines
Notre âme marche pas à pas;

Pas à pas, veuve d'espérance,
Veuve d'amour et de hasard....
Les étoiles se lèvent tard
Sur notre monde de souffrance.

Tous les voyageurs sont partis
Vers les grands monts couverts de neiges;
Nous voulons que tu nous protèges
Comme les vieux ou les petits.

Dans les visions innocentes
Où le grand repos nous a mis,
Nous sentons des souffles amis
Frôler nos mains convalescentes.

Tous les ornements sont ôtés ;

Et sur les murs très blancs, nos ombres

Pareilles à des anges sombres

Veillent debout à nos côtés.

LA PROCESSION

Nos âmes ont des robes blanches, –
Elles prendront leur vague essor
Comme des processions d'or
Dans le réveil blanc des dimanches.

On sort de l'église. Le vent
Est frais aux fronts mélancoliques ;
Au milieu des champs pacifiques,
Ils vont s'avancer en rêvant.

Les petits enfants veulent suivre,
Le prêtre marche lentement...
La cloche donne largement
Comme un amour heureux de vivre.

Nous avons respiré d'abord
L'hymne large et l'encens suave ;
Notre âme est un pèlerin grave
Qui va doucement à la mort.

Vos angoisses, troupe incertaine,
Nous appelaient de tous côtés ;
Au fond de nos cœurs dévastés
Nous entendions la voix lointaine.

L'enfant agite l'encensoir...
Oh ! si nous partions tous ensemble,
Troupe paisible que rassemble
L'intense et calme désespoir !

Et la caravane pensive
Se mèt lentement en chemin;
Nous marcherons beaucoup demain...
L'un de nous a la croix massive.

C'est le matin, pâle décor.
Nous avons très froid. Le vent passe
Vers les lointains bleus et l'espace
A de furtifs nuages d'or.

Dans notre cœur pur et mystique
On sent mourir les adieux longs;
Dans la vie âpre, nous allons
Tous baignés de lumière antique.

Nous avons tant lutté! Le jour
Est triste, les bois se dépouillent,
Mais tous les hommes s'agenouillent
Et nous vivons dans leur amour.

5

Nous marcherons sans espérance.
Laissons errer parmi les fleurs
Notre grande âme de douleurs,
Dans la pureté du silence.

Nous irons parmi les humains,
Nous quitterons la large ville,
Nous aurons notre orgueil tranquille
Comme un grand cierge dans nos mains.

Chantons avec indifférence
L'hymne mystique et solennel.
Et l'avenir dort dans le ciel
Comme un souvenir de souffrance.

On dirait que les couchants prient
La plaine où le grand calme existe;
Les splendeurs ont une âme triste
Et ce sont les enfants qui rient.

Aux bois noirs, le ciel qui s'embrase,
Jette un ardent et vague adieu ;
Nous voudrions souffrir un peu...
Là-bas, deux cœurs pleurent d'extase...

Et plus tard, en voulant rentrer
Dans le fond des bois impassibles,
Nous verrons les amours paisibles
Que nous avons laissés pleurer.

Dans nos âmes silencieuses
Monteront les pleurs des débris ;
Nous verrons les champs assombris
Où se plaindront les scabieuses.

Nous ressemblerons à des dieux,
Debout dans la nuit infinie ;
On percevra notre génie
Dans la pâleur de nos grands yeux.

Et puis, sur l'angoisse des êtres,
Nous reprendrons l'hymne sacré,
Et du monde désespéré
Nous partirons comme des prêtres.

Et tandis que nous marcherons
Dans les chagrins et les vieillesses,
Nous verrons toutes les tristesses
Pencher vers nous leurs pauvres fronts.

Vivre de joie.

Laissons l'âpre reflux monter de toutes parts,
Laissons l'orage et les cités, — laissons la terre,
Laissons les pays forts au vol traînant des chars.

Quittons les palais d'or et les tombes de marbres,
Allons dans le pays mélancolique et bleu
Où les grands luths d'airain sont suspendus aux arbres.

Là, nous verrons des cieux paisibles et des lacs,
Des collines avec de grands lis aux fleurs droites,
L'eau grise où descend l'ombre immobile des bacs.

5.

Nous verrons des dieux forts et des déesses nues
Troubler dans les bosquets sombres des grands lauriers
Le sommeil nuptial des forêts inconnues.

Dans ce pays divin pâle comme le ciel,
Nous verrons s'attendrir le soleil pacifique
Que nous voulions jeter dans l'azur du réel.

Quand nous aurons marché très longtemps sur ces grèves,
Près de l'océan calme et des horizons bleus,
Nous n'aurons pas cessé de regarder nos rêves.

Dans l'extase, l'amour et le recueillement,
Dans la conception d'un idéal unique,
Nos âmes se seront jointes exactement.

La paix qui souriait dans la nature vierge...
... Notre cœur en pleurs veille auprès de tous ces morts,
Et notre amour y met de longs regrets de cierge.

CAUCHEMAR

Le vol sombre et les yeux perdus...

Je vois s'ouvrir la nuit livide
De remords fous et de regret.
Dans tous les chemins où j'irai
Je sentirai ta place vide.

Les flots pâles et lourds en chœur
Chantent l'hymne de la tourmente,
Et je crispe ma main vivante
Sur les battements de mon cœur.

Je vois, pressés dans la pénombre,
Les cavaliers de cauchemar
Qui suivent le grand chef hagard
Brandissant la bannière d'ombre.

Spectre effaré, spectre du mal,
Roi morne, tu fuis d'épouvante
Dans le flot indécis qui hante
La crinière de ton cheval !

Ils vont dans un galop suprême
Courbés devant ce que je fus,
Je vois leurs grands gestes confus
Et révoltés sur le ciel blême.

Et je veux leurs remords, je veux
Le silence affreux de leurs râles,
La fixité de leurs yeux pâles
Dans l'ouragan de leurs cheveux.

Oh ! ma douleur n'a pas de cesse ;
Mêlant mes amours et mes deuils,
J'irai rôder dans les écueils
Comme le vent et la tristesse.

Je suis sous le ciel désolé
Les phares tristes sur les grèves,
Je suis le silence des rêves
Parmi le désert étoilé.

REPOS

Dans l'espace qui n'a rien fait...

Dans la fièvre des nuits en feu,
Dans la rumeur des avalanches,
J'ai rêvé de ces maisons blanches
Qui reposent sous le ciel bleu.

Nous viendrons aimer auprès d'elles
L'oubli vide des grands malheurs,
L'herbe toute nue et les fleurs
Parmi les tombes maternelles.

J'aime la mort qui consola
Les vieux cœurs dans le grand silence.
Tout le ciel sourit d'innocence ;
Mes souvenirs sont venus là.

Pauvre rêve d'un pauvre artiste,
Une croix se dresse sur eux,
Si calme que je suis heureux,
Et si simple que je suis triste.

Ils dorment dans le jour calmé,
Sous le ciel où plus rien ne change,
Les yeux émus du petit ange
Que mon amour a tant aimé.

C'est la bonté de chaque chose
Qui remue à peine parfois.
Le soleil s'endort sur les toits,
Je sens mon âme qui repose.

Mon ombre obscure pas à pas
Marche avec moi dans la tristesse.
Là-bas, là-bas, c'est ma jeunesse...
Je ne sais plus, je ne sais pas.

J'aime beaucoup les fleurs fidèles
Qui sont douces au marbre étroit,
Et qui seraient douces pour moi
Si je dormais à côté d'elles.

De petits oiseaux noirs, en chœur,
Dorment sur les branches dormantes,
Et les fleurs jaunes et les menthes
Nous parfument de tout leur cœur.

C'est l'azur si bon sur la plaine,
Les chemins blancs et les murs blancs,
Les aveux, les pardons tremblants
Et les pauvres âmes en peine ;

6

Le vieux banc où je viens m'asseoir,
La prière où l'on s'abandonne,
Et le ciel ému qui pardonne
Depuis le matin jusqu'au soir.

Tout le long des vieilles chapelles,
Pauvre martyr, je vais tout droit;
Elles sont calmes comme moi,
Je mourrai doucement comme elles.

Et tout cela, je l'ai connu
Au fond de cette nuit qui tremble.
Oh ! bien loin, bien loin, il me semble
Qu'un soir, je suis déjà venu.

Comme le Seigneur est timide
Dans son ciel, sa tranquillité !
Je marche auprès de la bonté,
Les bras ballants et l'amour vide.

Les cœurs sont calmes sous les cieux,
Dans les champs d'or, sous le bleu pâle...
Belle vierge au visage ovale,
Soyez douce comme vos yeux.

N'enviez plus ma tyrannie,
Tout mon malheur est de l'amour.
Mes pas sont vides dans le jour,
Vous pouvez aimer mon génie.

Il s'est tu, le cœur triomphant.
Je viens à la fin de mon âge
Dans un dernier pèlerinage,
Le voir dormir comme un enfant.

La voix des champs meurt peu à peu
Dans le soleil mélancolique ;
Mon âme est un poème épique
Que je traine sous le ciel bleu.

Je m'en vais parmi la journée,
Le soir est long. Je ne sais pas
Dans quel grand naufrage, là-bas,
Viendra mourir ma destinée.

LE SOIR EN FÊTE

Dans le silence et la musique de ton âme

6.

SUPPLIQUE

Oh ! puisses-tu m'aimer jusqu'à ne plus savoir !

C'est le jour triste qui se lève,
Le long cauchemar s'est éteint.
Je sens la pâleur du matin
Et le brouillard frais à mon rêve.

C'est, comme une aube d'autrefois,
Une candeur qui se révèle.
Je te dis ma chanson nouvelle :
Elle est douce, comme tu vois.

Douce comme le matin blême
Qui vient auprès de mon sommeil
Me parler tout bas du soleil,
Douce comme l'amour que j'aime,

L'amour, mystérieux glaneur
Des bonnes choses qu'on prodigue,
Qui vient auprès de ma fatigue
Me parler tout bas du bonheur.

Tout ce passé, tout ce passage
D'hiver gris et de printemps bleu,
Eloignons-nous qu'il dorme un peu.
C'est quand on dort que l'on est sage.

Dormons dans la maison en deuil ;
Dans le grand silence des choses
Nous verrons les aurores roses,
Toi le bonheur et moi l'orgueil.

Laisse-moi le triste et long rôle.

Oh longtemps, longtemps sous nos cieux

Laisse ce rêve dans tes yeux

Et ta tête sur mon épaule.

APOTHÉOSE

Ombre, musique...

Mes yeux, lassés du jour qui ment,
O ma sainte, seule en novembre,
Vous cherchent adorablement
Dans la prière de la chambre...

Je m'arrête au seuil sans couleur.
Le grand déluge vous abîme,
Et dans quelque coin de douleur,
Vous écoutez, travail sublime.

Grise dans le soir en suspens,
Comme heureuse de jours sans nombre,
Votre front s'incline et s'épand,
Dans un cantique de pénombre.

Peu à peu mes regards du jour
S'habituent à votre tendresse...
Je comprends l'indistinct amour,
Et le mystère de caresse.

Sur la tempe un doigt s'attendrit,
Comme un saint et souffrant office ;
La joue un peu creuse sourit
D'un sourire de sacrifice...

Votre cou noyé, frêle à voir,
Vous soutient de douce épouvante,
Perdue en musique du soir,
Infinie, à peine vivante...

Je vois votre cœur rayonnant,
Dans la candeur crépusculaire.
Je vois, docile, maintenant,
Que votre bonté vous éclaire...

A force de tranquillité,
Vous brillez comme auprès d'un cierge,
Dans le soir de réalité
Où vous êtes un peu la Vierge.

La nuit tombe avec ses rayons
Et sanctifie en paix immense
La gloire dont nous défaillons,
A genoux au cœur du silence.

DÉPART

Le soleil pâle a lui sur les bois monotones,
Notre azur charitable est doucement parti ;
Le frisson des adieux a déjà retenti,
Elle a l'espace d'or entre ses mains mignonnes.
Et j'attendrai longtemps, au dimanche du soir,
L'éveil religieux de son pas qui s'ignore ;
Je ne l'oublierai pas, la dame que j'adore,
Avec ses yeux si doux et son grand chapeau noir.
Et je pense au pays éloigné de cent lieues,
Au bal tourbillonnant, puis au petit jardin

Où nous avons aimé l'amour ou des fleurs bleues ;
Aux richesses du cœur où se perd Aladin,
Aux grands oiseaux avec des astres sur leurs queues,
Puis aux douces enfants qui vous aiment soudain.

L'OBÉISSANTE

Viens avec les petits pieds...

O ma reine d'obéissance,

Docile aux heures d'alentour,

Ton âme est comme le silence

Et ta robe est comme le jour.

Dans le vague où tu t'étioles

Ta tête est douce sur ton cou,

Ton âme est l'accueil des paroles,

Ta grâce est le pardon de tout....

7.

Fantôme de pauvre lumière
Auprès du vitrail attristé,
Tes épaules sont la prière,
Tes mains sont la simplicité.

Et lorsque la fenêtre blême
Laisse entrer le soir soucieux,
Tu n'es que la bonté qui m'aime
Et que l'étoile de tes yeux !...

Un soir aux visions pieuses,
Mon âme entrant dans un baiser,
Entre tes lèvres paresseuses
Je parlerai pour m'amuser...

Je serai ta main qui se donne,
Tes épaules et ton front clair.
Je serai la voix qui chantonne
La chanson pure de ta chair.

De tout mon amour qui flamboie
Emerveillant l'œil qui s'endort,
Je verrai mon regard de joie
Couronné par tes cheveux d'or.

Ou bien, par un soir en détresse,
Morne, penché vers ton émoi,
Dans tes paupières de caresse
J'aurai le vertige de moi.

Et quand, au couchant écarlate,
Nous frémirons d'un seul frisson,
Un jour, ta bouche délicate
Dira doucement ma chanson.

Dans le soir comme en une église
Tu rêveras le long passé,
Tu rêveras la chambre grise
Et ce que le jour a laissé...

Alors dans l'angoisse sacrée,
Ombre captive au soupirail,
Sur la vitre décolorée,
Tu mettras ton front sans travail.

Quand toute âme se dissimule,
Quand tout meurt à la mi-clarté,
Lorsque l'immense crépuscule
T'habille avec sa pauvreté...

Puis levant ta tête indécise,
L'œil morne, au grand vitrail amer,
Tu rêveras la paix exquise,
Et l'immensité de la mer!

Ta voix sera lente et peureuse
Des vieux jours que rien ne défend,
Alors tu seras malheureuse,
O ma princesse, ô mon enfant.

Je sens trembler un peu la douceur de ta vie...

Tu viendras dans mon âme avec un grand air triste,
J'entends des voix chanter dans la longueur des jours,
J'entends des chants lassés qui finissent toujours,
Et le ciel s'assombrit comme un cœur qui s'attriste.

Il nous faudra longtemps, purs et silencieux,
Nous qui sommes venus les derniers dans les choses,
Deviner la détresse au fond des âmes closes,
Et voir la solitude au fond de tous les yeux.

Hélas, sans le vouloir, dans mon mal solitaire,
Je conduirai celui qui m'a donné la main,
Et j'ai peur en voyant l'angoisse du chemin
Où je dois m'en aller avec mon petit frère.

Que puis-je te donner, petit prince aux yeux doux,
Que puis-je te donner pour la marche sans trêve,
Sinon un peu d'orgueil entrevu dans un rêve
Et ce bonheur lassé qui pleure au fond de nous!

Oh! ne ferai-je pas mourir ta gentillesse
En te montrant la vie et son décor très noir,
Et les pauvres malheurs qui font l'adieu du soir,
Et toute la grandeur et toute la tristesse!

LE SOURIRE

Sa fragilité nous unit.

Ma sœur, quand tu souris, on croit
Que c'est ton âme sur la terre...
Mais pour moi, c'est le grand mystère
Qui m'éblouit au seuil de toi !

Le sourire, c'est ce qu'on donne !...
C'est un mensonge parfois vrai,
C'est dans tes beaux yeux de secret,
La caresse autre, quoique bonne.

Il faudrait tant, couple royal,
Sur la grand'route, avec vaillance,
Passer dans l'éclat du silence
Et le grave mépris du mal!

Pourtant, ton rire de lumière
Restera notre pureté.
Ce sera dans l'éternité
Notre vague et pauvre prière.

Notre prière et notre foi,
Et ton regard dans notre église;
Ce sera l'image précise
De ta bouche qui pense à moi.

Après toute métamorphose,
Lorsque le soir sera l'oubli,
Je verrai ton rire pâli
Rester comme la seule chose.

Jusqu'au moment assoupissant
Où calme à tes mains disparues,
Dans le vieux rêve de nos rues,
Je passerai comme un passant.

CROIRE

Je t'entends, lorsque j'écoute...

Lorsque tu t'en es allée,
Tu dis : « Je ne t'aime pas. »
Dans la pauvre et froide allée
J'ai marché du même pas.

Puisque je ne l'ai pas crue,
Pitié d'or, ciel adouci,
Ombre lentement accrue,
Oh ! ne soyez pas ainsi...

Comment pouvais-je te croire?...
Je suis à toi, je vois mal,
Je suis ivre encor de gloire
Et je n'entends pas le mal.

On ne peut pas se reprendre
Comme on s'était égaré.
Il faut longtemps pour comprendre
Pourquoi d'autres ont pleuré.

Je suis l'âme douce et triste
Dans le temps qui va, dans l'air.
Si l'on est fort, je résiste,
Je suis éclair à l'éclair.

Je suis au-dessus du monde,
Des prières, des amours,
Je suis à toi, pauvre blonde.
Ce n'est que dans bien des jours...

De par la paix infinie,
Usé de ne plus te voir,
J'entrerai dans l'agonie
Petit à petit, le soir.

Il faudra bien du silence
Et dans le calme dormant,
J'aurai l'autre rêve immense :
Je croirai, tout doucement.

8.

VOUS

Vers les archipels d'or des lointains fabuleux.

Le couchant baigne d'un nuage
Les vaisseaux au pied de la tour...
Le soleil dore le retour
Pour le dernier et grand mirage !

Le soleil bas, le soleil d'or,
Parmi les galères ancrées,
Fait des ombres démesurées
Au vieux portiques du vieux port.

Dans votre chambre qui sommeille
Le soleil verse à son déclin
Des palais et des quais sans fin
Par qui l'océan s'émerveille...

Et quand l'heure viendra calmer
Le couchant d'or dans l'étendue,
Soyez calme, grise et perdue
Parmi quelque splendeur d'aimer!..

Rêvez tous les rêves du monde
Et les marins du vaisseau nu,
Et tout le bonheur contenu,
Qu'ils apportent de l'autre monde...

Laissez pencher et s'effacer
Votre sainte et paisible tête,
Quand l'ombre vient et qu'on s'arrête
Dans la fatigue de penser.

On prend en pitié tous les rires,
Toute la joie et tout l'adieu,
A l'heure où l'on est un vrai dieu,
Où l'on ne voit que des martyres.

Je me sens plus abandonné
Près de vous que près d'aucune autre ;
Que ma lèvre pleure à la vôtre
L'amour que vous m'avez donné,

A l'heure où la nuit vous caresse
Pâle et confuse, sur le fond ;
Lorsque votre beauté se fond,
Et que vous devenez caresse...

TOI

Comme avec de la charité,...

Dans le crépuscule fané,
Lorsque le soleil t'abandonne,
J'ai ta misère qui rayonne
Sur ma pâleur d'illuminé.

Je t'aime, ma vie est sauvée ;
Sois dure, sois lâche toujours...
Dans le grand vertige des jours
Je règne de t'avoir trouvée !

En vain tu me chasses de toi,
Quand vague et las, je t'ai servie,
Tu m'accueilles avec ta vie
Et ta splendeur est devant moi !

Je t'aime tant, Insatisfaite,
Que le silence est radieux...
Et qu'à chaque heure, dans tes yeux
Je sens que ton âme est en fête !

Tu peux, froide, charger mon faix,
Tu peux m'insulter, me maudire ;
Malgré toi je sens ton sourire
Sur les pauvres pas qué je fais.

Malgré toi, ta grâce pardonne
Le dédain que tu m'as jeté.
Comment veux-tu que ta beauté
Soit méchante puisqu'elle est bonne...

Et toi qui n'as jamais été
Qu'altière aux heures attendries,
Je vis, et c'est toi qui m'en pries,
Je vis, et c'est ta volonté.

DANS LE SOIR

Dans les ombres au loin, l'église a blasphémé
Qui dit le mal de vivre avec son orgue vague.
O toi, le plus splendide et le plus affamé...

Tu marches sur la nuit comme sur une vague,
Quand tu lèves les yeux vers l'azur bien-aimé,
Tu vois le dieu du soir qui s'éloigne et qui vague...

Et toi, pauvre comme eux et comme eux sans lien,
Pâle prophète ayant dans les yeux une flamme,
Pardonne, comme si ton pardon n'était rien !

Et l'herbe sous tes pieds est une longue gamme,
Et le grand bois astral se dresse et se souvient
Dans le silence et la musique de ton âme...

Le figuier, où confus et plein d'un grand dessein,
Tu t'adossas le soir pour rêver de merveille,
Met sa dentelle d'ombre au marbre de ton sein.

Et l'herbe patiente à tes pieds s'ensommeille,
Et l'adoration erre comme un essaim
A l'arbre pur et blanc, ô maître, de la veille.

Pense au très long soleil sur le seuil étouffant,
Aux chambres de silence, aux douleurs dépensées,
Aux faibles que lassa l'avenir triomphant.

Car la vie est un cri vers les choses passées,
Et nous sentons le soir nos prières d'enfant
Revenir près de nous comme des délaissées...

Règne par le silence et la douceur au loin,
Divinise de joie un passant sur la route,
Et sois persuadé que le pauvre a besoin...

Ta parole est la gloire exauçant la déroute,
Prière radieuse, et tout près, comme un soin,
O voix qui parle un peu, mais qui surtout écoute...

9.

LES CHOSES

Que les lettres de mon histoire...

L'HABITUDE

Et leurs yeux pleureront tout seuls...

Un soir triste me prend après les jours de flamme
      Dans son repos dormant ;
Mes souvenirs sont seuls, ils ont perdu leur âme,
      Et vont tout doucement.

Maintenant tout est mort dans ma morne vieillesse
      Et sur mon front pâli,
Où le bonheur paisible a jeté sa tristesse,
      A jeté son oubli.

Le temps lava mon âme aux sanctuaires d'ombres
Le temps, calme reflux,
Et je marche guidé par de douces mains sombres
Que je ne connais plus.

Comme un fleuve tranquille et pâle dans ses rives
Sous le deuil des rameaux,
Ma voix sans souvenir a des formes plaintives
Qui pleurent sur les mots.

Je laisse sans penser, rêver ma vue errante
Aux horizons voilés,
Et je porte avec moi mon âme indifférente
Et mes yeux désolés.

Je m'en vais dans le bois parmi la nuit pensive,
La nuit, parmi la paix,
Avec ma marche lente et mon âme attentive,
Comme si j'écoutais.

Et tout seul, sans un mot, parmi les sentiers vides
Des sous-bois où j'allais,
Pendant quelques instants j'aurai les mains timides
Comme si tu tremblais.

La nuit, quand le sommeil tombe des hautes branches
Comme une mort d'espoirs,
J'irai voir l'azur calme et les étoiles blanches
Parmi les rameaux noirs.

J'irai voir, morne et doux, comme l'hiver s'effeuille,
Quand le vent fait gémir
Le bois mystérieux, le bois qui se recueille
Et qui va s'endormir.

Les hommes penseront au vieux passé qui tremble,
Les vieux, vagues aïeuls...
Avec leurs yeux vivants ils nous verront ensemble,
Nous qui sommes tout seuls.

Ils croiront que j'attends doucement que tu viennes
      Sur la route où je viens ;
Ils croiront que mes mains pensent encore aux tiennes
      Et mes regards aux tiens.

Ils ne comprendront pas que nos âmes sont closes
      Aux regards du réel.
Ils ne savent pas bien quelle est la mort des choses
      Qui pleurent sous le ciel.

Qu'il ne nous est resté que la forme sans sève
      Et que l'humble décor,
Que nous n'avons gardé que le rêve du rêve,
      Et que le reste dort.

Puisque les libertés dorment de lassitude
      Aux cœurs vides de deuil,
Oh ! puissé-je garder la suprême habitude
      De révolte et d'orgueil !

Oh ! puissé-je en remplir, sourd à la voix du blâme,
    Sourd aux cris du remords,
Mes deux bras qui seront la tombe de mon âme
    Avec leurs gestes morts.

Redresse-toi, géant de pierre, être paisible,
    De toute ta hauteur ;
Et que des cris d'orgueil dans ta tête impassible
    Montent avec lenteur.

LES CHOSES

Dans le sourire et l'habitude...

Les yeux dans tes yeux de beauté,
Quand je mets ma main dans la tienne,
Je crois revoir leur âme ancienne
Dans toute sa tranquillité.

Tous nos rêves les plus rapides
Les aiment un peu tour à tour,
C'est pourquoi l'indistinct amour
Nous suit avec ses yeux placides.

Nous leur donnons un peu d'été
Quand les étoiles vous regardent...
Un peu de gloire qu'elles gardent
Avec leur immobilité.

Les souvenirs seront fidèles,
Car ils ont leur recueillement ;
Nous les trouvons exactement
Quand nous revenons auprès d'elles.

Forts, riants, rêvant d'avenir,
Nous semions notre âme ravie ;
Elles nous ont rendu la vie,
Pacifique du souvenir.

Et ce soir, lassé des paroles,
Sans le savoir sage et pieux,
Je sens mon cœur lever les yeux
Et prier, ô toi qui t'envoles...

Dans le sourire d'être mieux
Voici passer ma destinée,
Insuffisante et pardonnée...
O nos cieux de l'hiver, nos cieux !...

10.

DEUX VIEILLES CHOSES

I

LE POISSON SEC

Parmi la boutique un peu noire,
Reflet morne demi-caché,
Tu n'es, pauvre poisson séché,
Que les lettres de ton histoire.

Te rendrait-on ton cœur amer
Ta vie âpre et dévoratrice,
Quand tu sombrais avec délice
Dans la caresse de la mer ;

Te rendrait-on ton doux sillage,
Monarque fluide aux yeux d'or,
Ton rêve assiégeant et sans bord,
Ta vie, étroit et grand voyage,

Quand même entre tes petits os
Tandis que tu gis sur la planche,
On mettrait en poussière blanche
La grande amertume des eaux !..

Ce matin, j'ai jeté nos lettres
Dans le feu, neuf et clair frisson...
Elle n'a rien dit, la chanson
Qui chantonnait auprès des lettres.

II

LOQUE

Ta belle âme de ballon...

La félicité n'est qu'un songe
Qui s'en va comme un chenapan.
On dirait un peu qu'il y songe,
Lorsque, mélancolique, il pend.
Les heures d'oubli sont rapides :
Ivre et tout vague, l'aquilon
Touche du doigt ses jambes vides.
Le jour est mort, le soir est long.

Le vent sans pitié pour son âge
Mêle ses membres ramollis,
C'est comme un mince personnage
Qui se glisse dans les vieux plis.

Et lui, s'éveillant triste et gauche,
Voudrait rire, malgré son plomb ;
Il essaye une vague ébauche...
Le jour est mort, le soir est long.

Près d'un habit à longues basques,
Il esquisse en l'air, accroché,
Ses pas incohérents et flasques,
Ce vieux qui sait qu'il a marché.
Le dolman à large carrure
Dont il bat le triple galon
Grince avec un bruit de serrure...
Le jour est mort, le soir est long.

Tu danses dans l'or poétique,
Pauvre orateur tenace et laid,
Avec tes rêves de boutique
Et tes cauchemars de balai.
Qu'un jeune, auquel rien ne résiste,
Pince la lyre d'Apollon ;

Je le regarde d'un air triste.
Le jour est mort, le soir est long.

Nous nous en irons, pauvres princes,
Avec notre tranquillité ;
Je te prendrai dans mes bras minces,
O le seul qui me soit resté !
Automne gris qui te recueilles,
J'entends gémir dans le vallon
Des souvenirs de vieilles feuilles.
Le jour est mort, le soir est long.

TERCETS

La fenêtre m'attriste, ce soir.

I

Au pays des champs bleus et des choses heureuses,
Allez, ô mes oiseaux, dans le soir qui s'endort
Sur vos cœurs désolés et vos ailes peureuses.

Le chagrin de la vie est doux comme la mort...
J'entends pleurer les chants et les rumeurs fièvreuses
De la vieille cité debout dans le ciel d'or !

11

J'ai regardé longtemps dans la même attitude
La chambre sans couleur où mon cœur est resté,
Lourd de son long silence et de sa solitude.

Puis, large rayon d'or à la pâle clarté,
Sur le mur de repos que le soir gris dénude,
La fenêtre vermeille où je vois la cité.

II

C'est la nuit. Tout s'est tu dans les mornes enceintes ;
Dans l'azur du silence où sont morts tant d'adieux,
J'entends errer longtemps toutes les voix éteintes.

Et je regarde loin des implacables cieux,
Plus loin que tous les chants et que toutes les plaintes
La blancheur du matin où se parlent vos yeux.

O sublimes porteurs des armes et des lyres,

Cherchons l'apothéose et le souverain bien

Sur le chemin de gloire où sont les vrais martyres.

Tu vois qu'il va mourir ce passé qui fut mien,

Tu vois que mon grand soir ternirait vos sourires,

Que je suis malheureux, et que je ne veux rien.

LE MORT

Il dort dans sa fête d'aïeul.
Sur le mur, c'est la même estampe ;
La chambre n'attend plus la lampe,
Et le soir semble entrer tout seul.

. . . .

Tout bruit s'est tu — le lit est mort ;
Simplement, le rideau se penche.
Seule — sur la poitrine blanche
La croix d'ébène pense encor.

11.

... Tout doucement c'est lui qui règne.
L'ombre implore ses regards clos.
Voici sur son front en repos
Le malheur de la nuit qui saigne.

Et le silence, hymne qui dort,
Le transfigure d'un vieux charme.
Il est dans la beauté des larmes,
Et nous, nous sommes dans la mort...

Consolé, c'est lui qui console
Les pauvres choses de toujours...
Dans la morne clarté des cours
Le monde contemple l'idole.

Il est comme au cœur de l'adieu
Que fait la terre ténébreuse ;
Sa chair est calme et bienheureuse
Et mort, c'est lui qui croit en Dieu !

Vers lui va toute voix qui chante,
Tout amour béni de souffrir...
Le soir achève de mourir
Sur sa tranquillité vivante.

RETOUR

Dans la solitude qu'on voit.

Nous visiterons lentement
Notre existence douce et lasse,
Comme un vieux voyageur qui passe
Dans un très vieil appartement.

Pleins de rêves mélancoliques,
Eveillons les espoirs tremblants
En nous promenant à pas lents
Parmi les chambres pacifiques !

Passons où nous avons passé ;
Par la large et pâle fenêtre
Un peu de lumière pénètre
Dans la fatigue du passé.

Nous aurons des caresses d'ombres,
Et des appels silencieux,
Et nous sentirons sur nos yeux
Le regard triste des coins sombres.

Oh ! le vieux meuble calme, en deuil,
Debout dans le temps, comme un brave,
Et la table de chêne, grave,
Et lourde, comme notre orgueil.

La petite chambre est bien vide,
Elle nous reconnaît un peu ;
Elle est demi-morte d'adieu,
Demi-morte et demi-timide...

La douceur de ce jour d'été
Erre dans l'antique silence...
Elle exauce ma pauvre enfance
　t la bénit de vérité !

Je pleure l'âme répandue,
La foi, le rêve abandonné,
Et le mur est illuminé
De toute la fête perdue...

LA LAMPE

Chantonne, murmure, divague...

LA LAMPE

Ta lumière, c'est toi.

La nuit en songes funèbres
Descend du grand ciel dormant,
Et la lampe doucement
Montre son cœur aux ténèbres.

Dans le coin silencieux
Naît la fleur crépusculaire...
La douceur du soir l'éclaire
Comme un sourire, des yeux

Avec la foi qui persiste,
Avec son rêve humble et pur,
Timide aux heures d'azur,
Elle attendait l'heure triste.

Elle est bonne aux calmes jours,
Aux pauvres nuits sans paupières,
Bonne à toutes les prières
Puisqu'elle est seule toujours.

Dans la fuite coutumière
Des derniers rayons du jour,
Le silence vient autour
Pour écouter sa lumière.

Elle donne sans parler
Sa messe silencieuse ;
Mais la caresse pieuse
Ne peut pas tout consoler.

Et la reine au palais sombre
A peur de s'épanouir
Ne voulant pas éblouir
Les yeux désolés de l'ombre.

L'OUVRIÈRE

La vie imparfaite.

Ta vague lampe t'illumine,
Quand frileuse, ayant peur du bruit,
Tu travailles tard dans la nuit
A quelque tâche un peu divine.

Déjà ton labeur est moins sûr...
Tu lèves les yeux, comme un crime,
Tu vois venir la paix sublime,
Et la charité de l'azur.

Humble devant ta destinée
Tu sombres doucement en tout...
Le sommeil a surpris ton cou ;
Tu te redresses, étonnée...

Pauvre enfant qui n'a pas régné,
Pauvre femme, pauvre princesse...
Voici qu'en ce soir de caresse
Ton cœur trop paisible a saigné.

Et nul n'est là pour te sourire,
Et doucement, tu te souris.
L'ombre a des rideaux attendris...
Tu t'étonnes d'être martyre.

Et la misère de tes mains
S'entr'ouvre ; la lampe t'embrase,
De tes regards voilés d'extase
Tu sens couler des pleurs humains...

Sous le rayonnement suprême,
L'ouvrage s'affaisse et s'endort,
Et pleine de paresse d'or
Tu t'émerveilles de toi-même.

C'est le bonheur très bon, sans fin,
La bénédiction sans cause,
En la pauvre âme pauvre éclose
Pour qui la fatigue est du pain.

La nuit est indistincte et sage,
Elle chante à mi-voix le jour,
L'ombre est pleine d'un grand amour
Comme une chose qu'on partage.

Faible en même temps et vainqueur,
Tu recueilles le grand silence,
La bonne et douce récompense
Qui te caresse jusqu'au cœur.

Ta lumière pauvre et profonde
T'enveloppe d'enchantement,
Tu souris, tu crois vaguement
Sentir la justice du monde.

Béni, celui qui vit ses yeux
Eblouis par un bon mystère,
Bénis, ceux qui trouvent sur terre
Le vague salut d'être heureux !...

●

Tendrement, tu luttes encore,
Et comme une grâce des cieux,
Le sommeil exauce tes yeux
Et le front penché qui l'adore.

UN PEU D'AUBE

Voici le long sommeil blêmir...
Ton geste vaguement implore
La bonté trouble de l'aurore
Et l'innocence de dormir...

Ton âme est encore noyée
Dans la tiède douceur d'hier,
Tu sens faiblement que ta chair
Est heureuse de la veillée...

Dans la réalité du jour,
Très vaillante, tu t'es dressée,
Les yeux pleurants, martyrisée,
Comme une étoile dans le jour.

L'aube de promesse et de crainte
Est en argent sur l'oreiller,
Elle voudrait t'émerveiller
Et consoler la lampe éteinte.

Puis levée, et les doigts amis
Comme le froid est plein de haine,
Tu recouvres du drap de laine
La douce place où tu dormis...

DEMI-RÊVE

Oh je voudrais la paix qui neige !

Voici le conte qui s'achève,
Oh ! c'est que rien n'est oublié !...
Voici la fatigue qui rêve
De vieille enfance et de pitié.

Voici la fatigue qui pleure,
Qui pleure pour nous et pour toi ;
Vois-tu, la paix est la meilleure
Qui vient, tremblante encor, vers moi.

13

Ma pitié, c'est de l'innocence
Qui ne peut jamais consoler,
C'est la prière du silence,
Et l'amour que l'on laisse aller...

Quel parfum de mélancolie
Donne le songe du passé...
J'ai rêvé de ce que j'oublie,
Je vis de ce qu'on m'a laissé.

O bon passé, toi qui me charmes,
O vague hiver où j'ai pâli,
Revenez, les maux et les larmes,
Dans le sourire de l'oubli.

Pourquoi le passé se lamente ?...
Il m'est un neuf et doux espoir...
J'ai besoin de son ombre aimante,
Puisque dehors c'est le vrai soir.

La bonne soirée où je trône
S'attarde alors en soins confus,
Et divinise d'une aumône
Le pauvre, pauvre que je fus...

LA LETTRE

Doucement.

Je t'écris et la lampe écoute.
L'horloge attend à petits coups ;
Je vais fermer les yeux sans doute
Et je vais m'endormir de nous...

La lampe est douce et j'ai la fièvre ;
On n'entend que ta voix, ta voix...
J'ai ton nom qui rit sur ma lèvre
Et ta caresse est dans mes doigts.

13.

J'ai de la douceur de naguère ;
Ton pauvre cœur sanglote en moi ;
Et mi-rêvant, je ne sais guère
Si c'est moi qui t'écris, ou toi...

A UNE AMIE

Les voix s'exaltent et s'élèvent...
Je suis vieux comme les aïeuls,
J'ai des rêves lassés qui rêvent
    Tout seuls.

C'est le temps triste et monotone,
C'est le désespoir grand ouvert,
C'est le printemps, l'été, l'automne,
    L'hiver!

Le souvenir de l'ancien geste,
Le souvenir du mal ancien :
Ce qui reste, quand il ne reste
    Plus rien.

Le mal est une douce chose,
C'est un ami de tous mes pas,
Une fidélité qui cause
    Tout bas.

Martyre, bienveillante offrande,
Je vis, exquis de vérité,
Dans le grand malheur, dans la grande
    Bonté...

O vous, ma sœur d'avant la veille,
De l'instant splendide et sacré
Où le rêve qui s'ensommeille
    Est vrai ..

Petit poème magnifique,
Eclos par le pardon du soir,
Où l'on entend de la musique
  Sans voir...

Je vous bénis, ange en sourire,
Mains qui servent mon désespoir,
Bonté qui fait que je m'admire
  Le soir !

LA FATIGUE

Un peu de pitié s'apitoie.

Voici que ta pensée exquise
S'est fermée à mes doigts amis,
Et que ton sommeil éternise
Le sourire où tu t'endormis.

Voici que la lampe agonise,
Que le rêve entre au salon vieux
Et que la fatigue indécise
Vient doucement fermer mes yeux...

Elle dort, la tête posée
Sur le sombre fauteuil profond,
Et la fatigue est la rosée
Qui pleure la paix sur mon front.

Les hommes passent sur la route,
Et moi, très las et les yeux clos,
Je suis la douceur et j'écoute.
Toutes les voix sont mes sanglots.

Voici que la fatigue est bonne,
Tout se tait, et je suis l'élu,
Ce soir ne fait souffrir personne.
Je pense au temps qu'il a fallu !

O nuit qui fait que toute flamme
Attend avec un tremblement,
O foyer tiède, comme une âme
Qui se rapproche lentement.

Ouvre la veille sans secousse,
Paix d'azur qui viens m'effleurer...
La fatigue devient très douce,
Le vent s'arrête pour pleurer.

Ma lampe est ma sœur de lumière,
La sœur des instants confondus,
Et je vois son âme en prière
A travers mes regards perdus.

Elle est la sœur d'anciennes fêtes
A demi mortes dans mes yeux,
L'auréole de chères têtes
Au fond d'un bal mystérieux.

Maintenant, puisque tu te voiles,
On sent la nuit, sanglot profond,
Et furtivement, les étoiles
Aux fenêtres du vieux salon.

14

Et c'est le matin de décembre
Brouillé dans l'âme des danseurs...
Le feu doit mourir dans la chambre,
Mes mains ont froid pour tous les cœurs.

Et tout près, ma lampe, il me semble,
S'ébauche avec timidité,
Et c'est une étoile qui tremble
Avec son cœur de charité !...

Un repos éternel s'élève,
Tout est muet comme les jours,
Et tu dors toujours dans un rêve,
O toi mon rêve de toujours !

O saintes du jour monotone,
Heureuses des matins pieux,
Petits cœurs tristes à l'automne,
Vous qui fermez souvent vos yeux,

Donnez, donnez votre sourire,
Petites filles du lointain,
Venez baigner votre martyre
Dans tout ce que j'ai de matin.

Tristes, faites pour les prières,
Vous n'aurez plus jamais de voix ;
Vos yeux sont les frêles mystères
Qui nous font pleurer d'autrefois.

Chastes souvenirs sans demeure
Vous entrez au foyer d'hiver,
Vous sanglotez comme cette heure,
Vous ne dites rien, comme hier.

Vous venez, vagues, sur la terre,
Vous venez au calme moment,
Lorsque le grand soir de misère
Est sur la route infiniment.

Donnez votre âme qui s'efface,
Les promeneuses des temps gris,
O toi qui sais voiler ta grâce
Dans le calme que tu m'as pris.

Donnez à mes veilles tremblantes
Vos bras pâles, vos fins frissons,
Et dans vos mains insuffisantes
Votre âme de pauvres chansons.

Le temps vous berce dans son onde,
Vos grands yeux las sont un désert,
Votre âme est triste comme un monde
Et pleurante comme la mer.

Vous flottez dans la mi-veillée
Et vos grands yeux n'ont plus sommeil,
O pauvre paix inconsolée
Comme le rêve du soleil.

Ma lampe, c'est ma sœur d'opale,
L'ange qui veille au soir si court,
Lorsque, dressé sur le ciel pâle,
Le grand vitrail attend le jour.

Pauvre âme, rêve ton long rêve,
Tu ne sais rien lorsqu'il est là.
Et lorsque le matin se lève,
Il est pauvre de tout cela.

14.

PETIT ADIEU

Cherche le bonheur qu'on oublie..

—

Princesse d'adieu qui se lève,
Drapée, innocente à l'hiver.
Oh! donne-moi ta main de rêve
Par-dessus ce que j'ai souffert.

Novembre est pâle sur la grève:
Le vent d'horizon pleure tout.
Petit enfant du mauvais rêve
Qui t'en vas en baissant ton cou.

Oh! cherche la paix la meilleure
Au bout de ce grand soir brouillé...
Moi j'ai senti le vent qui pleure,
Et comme un pauvre j'ai tremblé.

Il est tard, et j'ai peur de l'heure,
Je me suis relevé tout droit.
Oh! l'enfer de la paix m'effleure...
Il est tard, et ma lampe a froid.

BONTÉ D'HIER

Le peu de bonheur qu'on n'a plus...

O ma lampe tout près, sans rêve, reposée,
Si j'allais oublier l'heure qui t'a posée;
Si j'allais oublier, feu pauvre, dieu rampant,
L'humble miracle intime, et l'amour qui s'épand !
Je ne fais rien, ce soir, la vue indifférente,
Pourtant, levant les yeux dans la bonté mourante,
Je vois distinctement l'avenir sans foyer.
Délire, vieux soleil, si j'allais oublier !...
Le passé, seul sanglot, vraie et grande chimère
Que la nuit me garda dans un besoin de mère,

Et ce rayon qui donne avec maternité...

Tous les soirs d'autrefois me font la charité.

Demain n'est rien, ce soir, qu'azurs insatiables,

Mais le vieux ciel descend dans les coins pitoyables.

Le passé vient ici... Sur tous les nouveaux jours,

Le vieux silence épand sa bonté de toujours.

Et je pense à ma voix contre la paix immense

Et ce qu'un faux serment fait mal à ce silence,

Mais je veille d'orgueil au lieu de m'endormir.

Douce nuit jusqu'à moi qui ne peut pas finir !

Quoique je rêve un jour, quoique je veuille encore,

Que toujours le passé me pardonne et m'adore,

Et si je fais jamais quelque chose de grand,

Pauvres cœurs en allés, que ce soit en pleurant !

Que toujours, mes amis, je sois ce que nous sommes.

Je suis pauvre, je suis plus pauvre que les hommes,

Pourtant je perds mon temps, je me perds, je suis las,

Et quoiqu'on m'aime encor, je ne travaille pas...

Au lieu de bien sourire à l'ombre jamais lasse,

Et d'être ma douceur au seuil de tout l'espace,

J'aime mieux lâchement guetter, distrait et fier,
Quelque impossible amour ne venant pas d'hier !
J'hésite, dans ce doute à pleurer ce qui pleure,
Et je sens tout d'un coup très vieille ma demeure.
Que je suis indécis, adoré, qu'il est tard,
Et que j'ai des parents très pauvres quelque part...

LA HAINE

Nous n'avons rien qui nous unit !

15

Nous irons dans la vie unis, quoi qu'il advienne,
Et ma route sera la tienne.
Si je sentais tes doigts mourants quitter ma main,
Ton chemin serait mon chemin.

Hélas ! viens avec moi sous les étoiles blanches.

Elles sont dans mon cœur les veilles de là-bas ;

La tristesse du vent monte à l'âme des branches,

Nous parlerons un peu, puis tu t'endormiras.

Le passé se désole au fond des nuits qui meurent.

Nous parlerons un peu d'aube pâle et de foi,

De vieil azur confus où mes souvenirs pleurent ;

Oh ! viens, ta petite âme est triste comme moi.

Je t'ai trouvé jadis par une nuit très noire,
Pauvre ange de faiblesse avec ton front lassé,
Et comme je rêvais, je t'ai donné ma gloire,
Et toi, tu m'as donné doucement ton passé.

Mon destin s'appuya sur ta mélancolie
Et depuis que j'ai vu ton regard attristé
Je sens pleurer en moi les choses qu'on oublie,
Les choses de légende et de simplicité.

Je sens que nous allons, perdus dans l'œuvre immense,
Que l'horizon nous garde avec ses bras d'ampleur,
Qu'un vague crépuscule entre dans mon silence,
Et que mon grand génie est comme un grand malheur.

Ton cœur s'est désolé dans mon cœur monotone,
Tu mêlas ta faiblesse à ma fatalité.
Toi qui veux qu'on supplie et qui veux qu'on pardonne,
Tu mis sur mon bonheur le deuil de ta beauté.

Nous tiendrons pour toujours nos mains mélancoliques,
Sur la route infinie où s'en va la douleur.
Je porte l'avenir dans mes yeux pacifiques,
Calme et désespéré comme un consolateur.

J'aurais mené ton rêve à mes apothéoses.
Hélas, tu n'as gardé de mon désir pieux
Que ta détresse calme et la douceur des choses,
Et l'ampleur du sommeil qui vient fermer tes yeux !

Oh ! tu n'as pas senti vers la nuit infinie
Quelque chose dans toi frémir et s'enflammer,
Et tu meurs doucement dans ma monotonie,
O toi qui n'as pas eu le grand pouvoir d'aimer !

Tu n'as pas su la paix des âmes conquérantes,
Tu n'as pas eu le rêve inconsolable et nu.
Ton deuil s'est attristé dans les choses mourantes ;
Le grand pouvoir d'aimer, tu ne l'as pas connu.

15.

Craignant le sourd vertige, et les vagues rafales,
Tu te blottis vers moi lorsque tomba le soir.
Je porterai ta vie avec mes deux mains pâles,
Comme un calme martyre et comme un saint devoir.

Nous irons lentement où mon destin me pousse,
Les rêves du passé montent comme des pleurs,
Ma voix sera tranquille et ta voix sera douce,
Nous serons reconnus par les grandes douleurs.

Retrouve au loin les voix confuses dans la chambre,
Les après-midi longs où meurt un vieux soleil,
Le jardin pâle avec les feuilles de novembre,
Et tu pourras dormir parmi tout ce sommeil.

Ces choses balbutient lorsque tu les dévoiles,
Puis retombent au soir grandissant et berceur,
La rumeur de la nuit se tait dans les étoiles,
Ton front est lourd, ton âme est morte de douceur...

Avant de t'en aller dans cette paix profonde,
Lève tes yeux dormeurs au soir illuminé,
Jette un dernier regret à la grandeur du monde,
A l'impassible orgueil que je t'aurais donné.

Jette le dernier cri de ta douleur de femme,
A la nuit éternelle où nous avons passé,
A l'horizon muet qui s'étend dans mon âme,
Grand de mon avenir et nu de mon passé.

Puis tu t'endormiras dans l'ombre qui se lève,
La lueur du lointain bercera tes yeux clos,
Tu me sentiras vivre à côté de ton rêve
Et mes pas solennels porteront ton repos.

Je verrai sous nos pieds le reflet de la ville,
Je sens que la tristesse erre et monte partout,
Que notre amour s'endort dans ton bonheur tranquille,
Et que mon grand chagrin veille au-dessus de tout.

LES LARMES

Tu pleures toutes tes larmes...

! le jour qui finit si bleu,
Oh! l'ombre dont la chambre est pleine...
Je me penche et te vois à peine,
Je me penche et t'adore un peu !

Tranquille avec ta robe noire
Dans la vieille et riche maison,
Tu pleures, je sens le frisson
Qui te prend dans sa pauvre gloire !...

Et ton chagrin vient t'éplorer,
Et tes larmes s'attristent toutes ;
C'est comme si tu les écoutes
Et que tu pleures de pleurer.

Tu pleures, tant ta peine est grande,
Dans un désert, sans rien savoir...
Et moi, debout auprès du soir,
Je suis triste comme une offrande.

Je m'approcherai, si tu veux,
Nous ne parlerons plus d'attente,
Et ce sera la paix mourante
Comme le soir sur tes cheveux.

Parmi tant de choses dolentes,
J'écoute ton rayonnement,
Et tu pleures si doucement
Qu'on dirait un peu que tu chantes...

Je ne peux rien, je ne peux rien,
Mais je sens que tout se dépouille,
Et près de toi je m'agenouille
Dans le pauvre calme qui vient.

Oh! le vieux soleil dont se dore,
Après tant de jours révolus,
Le peu de bonheur qu'on n'a plus,
Que notre même oubli l'adore!

Quelque chose dore ta voix
Dans une confuse harmonie...
Ta douleur est presque bénie,
Enfant, tu penses à la croix...

On pleure quand on s'apitoie,
Quand on est doux et qu'on veut bien...
Lorsque l'on souffre, on n'est plus rien,
Mais pleurer, c'est pleurer de joie...

A genoux au soir d'abandons
Qui nous assombrit de ses vagues,
Nous tous les pauvres et les vagues,
Nous qui pleurons, nous pardonnons.

APPARITION

Hélas, si nous savions la fin de la journée...

Quand la chute du soir, grande tempête nue,
Dépouille les maisons au bord de l'avenue,
Quand dans la chambre faible, à l'heure sans abri,
Le fond du cœur est vague et désert comme un cri,
Quand la rumeur se tait laissant dormir tranquilles
Les grands rêves lassés comme les grandes villes
Et que tout front en deuil s'incline dans un coin,
Je te vois t'ébaucher, rêve qui viens de loin.
Et le blême décor, lorsque sur tes vieux charmes,
Tes voiles, on dirait, tombent comme des larmes,

16

C'est le jour malheureux, c'est le jour de longueur,
C'est le jour et le soir, pauvres frères sans cœur!
Ton front lent et brouillé n'est plus qu'un blanc vestige.
Ton œil n'est plus que triste ainsi qu'un vieux vertige,
Et sur ta lèvre pâle à l'ancien pli moqueur
S'entr'ouvre doucement le sanglot de ton cœur...
Et je vois la douleur qui vit sous ta paupière
Tomber de tes grands yeux comme un peu de lumière.
Tu viens, très malheureuse, au foyer qui fut tien,
Tu me tends vaguement ta main qui ne peut rien
Et dans tes yeux ternis à peine l'on devine
Le fragile rayon dont ma lampe est divine.
Puis tu t'en vas toujours, souffrance du dehors.

Douleur pâle du ciel dont tous les jours sont morts,
Angoisse du passé toujours inassouvie,
Reste, douce et paisible, au grand seuil de ma vie
En remuant ton voile avec tes doigts tremblants...
Reste douce et paisible avec tes cheveux blancs.

LE SOMMEIL

Tandis qu'au milieu du silence
Tu t'endors sous le rideau noir,
Je sens éclore ton absence
Dans la grande chambre du soir.

Quelle immense pitié se lève,
Pauvre ange aux yeux clos, à te voir,
Lorsque tu dors, blanche de rêve,
Auprès de moi triste du soir.

Tu ne me connais plus, ma reine,
Tout entière à l'espoir tremblant
Ta petite main tient à peine
La douce vie et le drap blanc.

Et je reste seul, et je pense
Que tu rêves bien loin du jour,
Et que ton repos est immense
Et divin comme notre amour !

Nous en avons comme un présage
Au fond des soirs mystérieux,
Lorsque notre âme fait naufrage
Dans la fatigue de nos yeux.

Je suis seul parmi toutes choses,
Hélas, tout se tait devant moi,
Et ta figure aux lèvres closes
Est comme un souvenir de toi.

Je te vois tranquille et sans geste,
Ton sourire s'est effacé...
On dirait l'adieu qui vous reste
Quand on est seul dans le passé.

LA TERRE

...Car mon orgueil n'a pas de mains humaines

Tu fus la femme : faible et forte,
Et vibrante comme un souhait ;
Celle qu'on aime et que l'on hait,
Et maintenant, te voilà morte.

Comme un éclair, comme un signal,
La mort passa, la mort savante,
Avec le collier d'épouvante
Qu'elle a mis sur ton cou royal.

Oh! la nuit de fièvre et de larmes,
Quand tu luttais pour le soleil!
Ta tête est pleine de sommeil,
Tes bras gisent comme des armes.

Tu ne sais plus ce que je veux;
Ton front aveugle me dédaigne,
Vision de pâleur que baigne
La mer morte de tes cheveux.

J'ai vu tes deux lèvres de pierre
Pleines d'un silence hagard,
Et l'étoile de ton regard
Sous les longs cils de ta paupière,

O toi qui n'as plus d'horizon,
Qui restes calme et sans colère
Comme la brume qui m'éclaire
Quand je reviens dans ma maison!

Le soir tombe avec sa rosée,
La paix glisse du firmament,
Tu t'abandonnes doucement
A la terre où l'on t'a posée.

Elle connait tous les amours ;
Ton corps si frêle est sur sa mousse ;
Elle a gardé ta mort si douce
Dans le grand deuil qu'elle a toujours.

Elle est la berceuse des râles,
La reine et la communion ;
Elle a des gestes d'union
Plus doux encor que tes bras pâles.

C'est l'heure auguste des aveux ;
C'est la nuit, c'est la nuit humide
Qui caresse ton front placide,
Et qui pleure dans tes cheveux.

La nuit ! toute ton indolence,
.Toute ton âme et tous tes yeux!
Elle a des mots silencieux,
Et tu ne sais que le. silence !

Sous le ciel glacial et lourd,
Tu raidis tes membres funèbres,
Sentant passer dans les vertèbres
Le grand tourment du grand amour.

Tu remplis l'ombre sans secousse,
Ses baisers montent sur ta chair,
Sa caresse est comme la mer,
Éternelle, tremblante et douce.

C'est l'amour enfin reposé
Dans l'éternité de l'ivresse ;
Ton poids seul est une caresse
Et tout ton corps est un baiser ;

Le baiser sans crainte et sans leurres
D'un amour grand comme un oubli ;
Oh ! sur ton cou, ton front pâli,
Ses yeux vides comme les heures !...

Ses bras, ses grands bras sans couleur,
Toute ta beauté solennelle
Qui se perd largement en elle
Comme un hymne dans la douleur !

. . . .

O toi qui viens dans nos prières,
Pauvre grand cœur naïf et fort,
Va dans la nuit, va dans la mort
Chercher les âmes tout entières.

Toi qui veux l'amour sans adieu,
La coupe éternellement pleine,
Ton cœur est grand comme ta peine,
Tu seras triste comme un dieu.

Tu sentiras l'inquiétude
Des petites mains dans ta main,
Car tu marches dans un chemin
Où l'on aime ta solitude.

Très faibles devant ta douleur,
Tes sœurs mettront pour ton martyre
Les diamants de leur sourire
Sur ton grand manteau de malheur.

Mais à toi qui veux tout, qu'importe
Ce qui n'est pas l'accouplement
Où l'on tremble éternellement
Comme la terre et la chair morte ?

Sois grave, pardonne, soumets,
Trouve un ange ou trouve une femme ;
Tu sais que tu voudrais une âme,
Et que tu n'en auras jamais.

L'union tranquille, sans voiles
Et sans l'angoisse des vainqueurs,
Elle est trop grande pour leurs cœurs
Comme une nuit pleine d'étoiles.

SECRET

J'ai peur quand vient le soir de flamme
Ainsi qu'un morne moissonneur...

Ils te livrent, mais ils te gardent,
Tes yeux qui ne sont pas l'amour,
Tes pauvres yeux qui me regardent
Dans la chute morne du jour.

Tout doucement tu me consoles,
Tout doucement tu dis ta foi,
Mais je n'entends que tes paroles,
Et tes paroles sont à toi.

Tes fugitifs pensers de femme,
Ton rêve, est-ce que je les vois,
Est-ce que je sais si ton âme
Est la musique de ta voix !

Est-ce que je sais à l'aurore,
Dans la chambre qui s'attendrit,
Quel rêve tu rêves encore
Lorsque ton réveil me sourit !

Oh, parmi les frissons farouches
Ou l'étoilement des vieux soirs,
Dans le baiser de nos deux bouches,
Si nous avions eu deux espoirs !

Si tout n'était que vaines armes,
Si rien n'était pur ni sacré ;
Quand tes yeux étaient pleins de larmes,
Si tu n'avais jamais pleuré !

J'ai peur de tout dans ce mystère,
Hélas ! j'ai peur de ta douceur :
Oh, si pendant notre calvaire
Tu n'avais été qu'une sœur !

Entré dans ton rêve de femme,
Pleureuse et rêveuse à moitié,
Peut-être qu'au seuil de ton âme
Je n'ai cueilli que la pitié.

Vois-tu, c'est les regrets immenses
Qui font se dresser et s'armer...
Je ne sais pas ce que tu penses,
Oh ! laisse-moi t'aimer, t'aimer...

Salut, ô misère, ô silence,
Pauvres aubes de tous les cieux...
Nous sommes des dieux d'ignorance,
C'est pourquoi nous sommes des dieux

17.

Allons ensemble et solitaires,
Cette paix c'est notre seul bien,
Car lorsqu'on ouvre les paupières,
Peut-être que l'on ne voit rien.

LA HAINE

Malgré toi ta beauté me brave.

Nous sommes tous les deux ensemble
Nous, les amants à l'infini,
L'ouragan pleure et le ciel tremble...
Nous n'avons rien qui nous unit !

Nous regardons le soir céleste
Qui se plombe et tombe sans fin,
Et le silence nous déteste,
Et notre amour a toujours faim.

Tandis que l'ombre nous azure
Ainsi qu'un grand couple éternel,
Le silence comme un murmure
Remplit la chambre jusqu'au ciel.

Et lorsque la nuit souveraine
T'étoile de son vieux reflet,
Je sens comme une grande haine
Qui nous sépare et qui se tait.

Je t'aime pourtant, oh je t'aime
Demi-pleurante en tes attraits,
Et vague, avec ton diadème
Où frissonnent les astres vrais.

Presque cachés par l'heure sombre,
Je vois surgir blanches, sans bruit,
Les mains que tu tends à mon ombre
Dans la sagesse de la nuit.

Et lorsqu'un grand rayon t'éclaire
Je devine invinciblement
Que je ne sais pas ta lumière,
Que l'on s'ignore, et que l'on ment !

J'avais rêvé comme un apôtre
D'inaccessibles unions ;
Nous sommes l'un auprès de l'autre,
Il faut que nous nous haïssions !

Hélas, lorsque mon âme est pleine
De tant d'impuissance et d'adieu,
Je souffre d'avoir tant de haine
Et je voudrais t'aimer un peu...

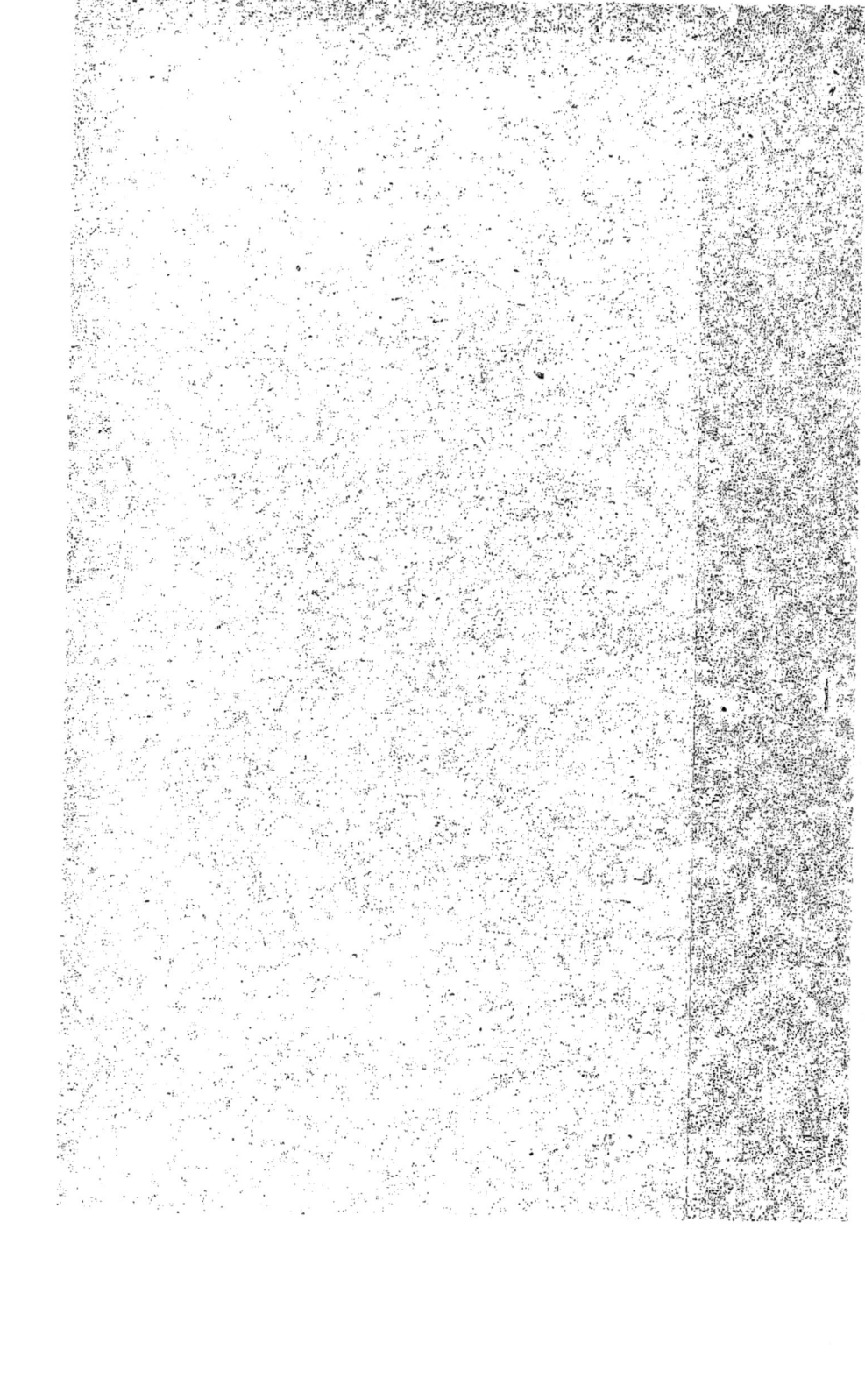

LE SILENCE DES PAUVRES

Oh! c'eût été si vague et si bon d'être heureux!...

L'ATTENTE

Sans l'éblouissement de la croix...

L'ombre, en s'agrandissant, pauvre femme qui rêve,
Vient mêler doucement dans le déclin du jour
Sa paix à ton grand cœur et son rêve à ton rêve.

Et tu restes bien seule avec tes yeux d'amour,
Indécise, perdue au silence où s'élève
La triste et vieille voix qui chante dans la cour.

Oh! mendier toujours parmi l'ombre sans digue
Les soleils du passé pour ce soir sans couleur,
Toute la charité pour toute la fatigue,

18

Lorsque l'ombre revêt de calme la douleur,
Quand le dernier reflet des vitres se fatigue
Sur tes cheveux divins et ton front de pâleur.

Écoute, écoute encor, mendiante d'espace,
Plus loin que le silence et plus profond que tout...
Et c'est l'âme qui pleure et c'est le temps qui passe.

Le temps, le temps sacré qui bénit le cœur fou,
La présence qui fait que l'on parle à voix basse
Dans cette église d'ombre où s'incline ton cou.

Oh ! rêve à la longueur de la tristesse humaine,
Aux vieux palais où va silencieux, le temps,
A la tranquillité par qui tu devins reine !

Rêve à la profondeur du silence où j'attends,
Aux vieux couples qui vont dans le soleil qui traîne
Et s'aimeront toujours de s'être aimés longtemps.

Ne maudis pas l'attente et les soirs où tu pleures :
Tous les martyrs ont eu leurs infinis chemins
Et tous les grands orgueils sont bénis par les heures.

Puisque l'on devient grand à voir les jours éteints,
Dans la chambre assombrie il faut que tu demeures,
Le crépuscule aux yeux et la paix dans les mains.

Il faut qu'indifférente aux radieux passages,
Toujours seule au milieu de l'ombre et du sommeil !
Tu laisses un à un tomber les grands soirs sages.

Il faut, toi que baigna la gloire du soleil,
Laisser passer sur toi l'après-midi sans âges
Et le soir nimber d'or ton front toujours pareil.

.   .   .   .

Pauvre femme qui dors auprès de la fenêtre,
Les mains lasses, le cœur innocent et lointain
Dans le baiser nocturne et frais qui vient de naître,

Frêle douleur que rien n'aura jamais atteint,
Toi que veille l'azur comme un grand dieu sans prêtre,
Repose vaguement du soir jusqu'au matin.

Repose loin de ceux qui ne sont pas avides
D'attente inconsolable et d'azurs décevants,
Ceux du bonheur parfait et de la mer sans rides.

Laissons les prêtres fous et les amants fervents
Venir béatement baigner leurs tempes vides
Dans ce fleuve brumeux chanté par les grands vents !

Laissons les amoureux à leurs songes infimes,
Laissons la pauvre voix qui chante dans la cour
Rêver d'un pur bonheur et d'un cœur sans abimes !

Sachons que rien ne vaut la gravité du jour,
Et cette éternité qui nous a faits sublimes,
Ne la blasphémons pas par des serments d'amour.

SAINTE MADELEINE INUTILE

A UNE PETITE STATUE

Dans la niche en pierre tranquille...

I

Dans le coin où le soir t'oublie,
Tu ne sens pas le vieil amour
Qu'a mis sur ta tête pâlie
La fête ignorante du jour.

Dans le repos où tu reposes,
Tu ne sens pas, ô grave sœur,
Cette clarté des vagues choses
Qui t'illumine avec douceur...

18.

Voici le soir. Toujours semblable
Sur le seuil d'or des jours d'été,
En vain le soleil adorable
T'a fait un peu de charité.

Tu n'es pas plus douce — plus sombre,
Pourtant, beaucoup étaient venus
Pour t'écouter pleurer de l'ombre
Et se troubler de tes doigts nus.

Tu n'as même pas sur la pierre,
Pendant un vague et triste instant,
Souri comme un peu de lumière
A ces pauvres voix qu'on entend.

II

Tu lèves sans douleur, sans joie
Tes yeux où le soleil se perd,
Tes mains où notre amour se noie
Comme un bon frisson dans la mer.

Oh ! pendant que, morne débâcle,
Nous passons dans un morne bruit,
Si tu faisais le doux miracle
D'avoir un peu froid dans la nuit...

Si trop calme et belle sans trêve
Aux beaux silences étoilés,
Tes yeux s'appauvrissaient du rêve
Dont nos regards sont désolés...

On viendrait te voir, simple et chère,
Indécise comme un secret,
Avec la robe de prière
Qu'un humble cierge te ferait.

Tu serais ce qui fait renaître
L'âme heureuse, le songe éteint...
Et ton chemin serait peut-être
La caresse de mon destin.

Tu serais l'amour, et l'enfance...
Et pourtant, toi qui ne dis rien,
Et moi qui souris de souffrance,
Je sens que ton silence est bien.

Je t'adore dans ton grand règne,
Et dans l'espace sans amours.
Tu ne dis rien comme l'on saigne,
Et te voir, c'est pleurer toujours.

Oh sans raison, sans mal, sans crimes,
Et sans fatigue au fond de moi,
Je voudrais à tes pieds sublimes
Pleurer que la lumière soit!

Pleurer que le jour s'irradie
Que la nuit brûle dans les cieux,
Pleurer tout ce pauvre incendie
Qui monte humblement dans nos yeux...

III

Tandis que les vieilles aux « simples »
Marmonnent un air enchanté,
Tu regardes de tes yeux simples
Le monde de simplicité.

Et tandis que sans espérance
Nous passons et ne parlons pas,
Tu comprends avec ton silence
La prière que font nos pas.

Tu regardes, toujours la même,
Tu souris, comme ton ciel bleu,
Et quand on crie ou qu'on blasphème,
Tu laisses dire, comme Dieu.

A UNE PETITE AVEUGLE

Tu pleures, l'âme reposée.

Avec ses rumeurs sans pitiés
Le jour assiège ta faiblesse.
Tu ne vois rien, l'heure te laisse,
Et la lumière est à tes pieds.

Quand parmi la foule sans nombre
Tu rayonnes sur le chemin,
Si l'on te frôle un peu, ta main
Est une caresse dans l'ombre.

Tu gardes au soleil d'espoir
Ta tendresse vague, étoilée...
Toujours grave, toujours voilée,
Toujours dans la fête du soir!

Lui qui te bénit la première,
Le jour tombant, le jour peu sûr
Sait à peine à quel amour pur
Tu donnas ton cœur sans lumière.

Quand avec son éternité
Le soir nous berce et nous effraie,
Tu deviens de plus en plus vraie
Parmi la morne vérité.

L'ombre est ta sœur quand tout succombe,
Ta sœur près de ces hommes-ci,
Tous ceux que mêle et qu'adoucit
Votre pitié grise qui tombe!

De plus en plus silencieux,
L'azur s'abîme de tendresse.
Ton âme éclot et se redresse,
Les ténèbres ouvrent tes yeux.

Tu n'es que la nuit, l'attitude
Qui nous écoute et qui veut bien,
Comme la nuit tu ne fais rien
Dans une vague solitude.

Tu te confonds au vieux martyr
De la nuit seule sur le monde.
Tout se tait et l'ombre est profonde ;
Petite enfant qui vois souffrir...

LA COLÈRE

Sur le chemin...

Ton droit t'éblouit et flamboie ;
Un cri muet gonfle ton cou.
Comme un dieu tu vas n'importe où
Avec ta colère et ta joie.

C'est le calme artificiel
Qui se rompt comme un pauvre gage ;
C'est ta haine qui se dégage,
C'est ta haine qui monte au ciel.

Tes pas font vaciller le monde,
Tes raisons t'assaillent en chœur,
Et tout ton sang te monte au cœur
Avec sa vérité qui gronde.

Le vent effare tes cheveux,
Tes mains tremblent et ta voix crie ;
Ta souffrance devient féerie...
Et tu ne sais plus, et tu veux !

Perdu dans un essor d'envie,
Sans souvenir et sans pitié,
Tu te redresses tout entier
Et tu ne penses qu'à la vie.

Tout t'apparait dans un réveil ;
Ton cri prolonge l'étendue,
Tu sens une larme éperdue
Qui t'illumine le soleil !

Ta gloire divague et se creuse,
Ta chair t'admire en frémissant,
Tu n'es que l'hymne de ton sang
Vers la lumière bienheureuse !

LA DERNIÈRE NUIT

L'accueil tranquille et pur
Que toute cette nuit donne à tes nuits errantes...

Vois, l'azur magnifique a des lueurs errantes,
Et puisque le silence est comme un reposoir,
Baisse ton pauvre front et tes deux mains souffrantes
Sous toute la clarté qui te bénit ce soir.

L'azur resplendissant vêt le calme de l'heure,
Tout va fermer les yeux dans ce soir solennel,
Les astres en silence attendent que je meure
Et l'ombre se recueille et le temps monte au ciel.

O calme souvenir, ô reine désolée,
Puisque tout va mourir avec la nuit qui meurt,
Va-t'en tout doucement dans ta robe étoilée
Avec ton voile d'ombre et de vague rumeur.

O reine, cette nuit on dirait que tu pleures,
Cette nuit, c'est le triste et le suprême accueil...
Va-t'en tout doucement le long des calmes heures
Avec tes yeux mi-clos sur tes regards en deuil.

Tu pars avec la foi baignant tes yeux célestes
Et ton front incliné de toutes les douleurs,
Avec le grand oubli qui s'endort dans tes gestes,
Tes gestes qui frôlaient, muets comme des fleurs.

La plaine est en repos comme un champ de bataille,
La tristesse pardonne aux cris lointains du jour
Et mon âme ce soir s'attendrit et tressaille
Ainsi qu'une douleur devant des yeux d'amour.

Oh ! la lumière en pleurs descend dans l'étendue,
Et le ciel somptueux frémit comme un grand deuil.
Je vois au fond du soir trembler, l'âme perdue,
Les grands cierges déserts qui veillent sur le seuil.

Tout entière la nuit s'adoucit comme une âme,
Je sens autour de moi la douleur du ciel pur,
Les pauvres souvenirs qui veillent sur la flamme
Et qui seront drapés dans des sanglots d'azur.

La terre grise attend dans l'heure désolée,
J'entends le vent lointain, j'entends le vent souffrir,
Pauvre ange sans couleur perdu dans la vallée...
Les fleurs en touffes d'or sont tristes à mourir...

Et tout va reposer du repos de lumière ;
Du fond de l'horizon un grand sanglot voilé
Traverse lentement le silence en prière.
L'hymne de chaque soir erre au ciel étoilé.

Sans borne, un océan s'attriste sur le sable,
Dans un dernier élan le vent est mort de froid...
L'horizon s'est noyé dans l'ombre inconsolable,
Et toute la nuit pleure, et j'ai pitié de moi !

SILENCE

Dans la solitude qu'on voit.

La vie est trop calme et trop bonne
Qui nous exauce de rayons ;
Le champ permet que nous venions,
L'horizon s'élargit et donne...

Avec son bonheur d'accueillir,
L'aube tendre est une merveille.
Le doux soir nous donne sa veille
Comme sa douceur à cueillir.

Sur la montagne qui s'ennuie
Le soleil pleure malgré lui,
C'est par hasard qu'un éclair luit,
C'est sans savoir que vient la pluie...

Mystérieuse et sans souffrir,
La nuit pâle fait toujours place...
Restons là, nous avons l'espace.
L'univers nous laisse dormir.

Le ciel écoute les apôtres...
Le destin nous voit à ge: ...
Là-bas, là-bas, plus loin que nous,
L'avenir est comme les autres !

LA CHANSON DU SOIR

Sois la grandeur, la grandeur même...

●

Tandis que tu chantes, j'écoute
L'éternel adieu d'autrefois,
Tout ce qui tremble dans ta voix
Du bonheur laissé sur la route.

Plaintive, tu chantes toujours...
Comme notre soir est docile...
Notre divinité tranquille
C'est la longueur de tous les jours.

C'est de porter, très monotone,
Le sceptre de ne croire à rien,
C'est les soirs où l'on se souvient,
Où l'on frissonne, où l'on pardonne.

C'est le mal qu'hier soit passé,
Que l'aube ne t'ait point suivie,
C'est le silence de la vie
A la prière du passé.

C'est pourquoi, calme enfant qui cueilles
Ce passé qui fut de l'espoir,
Dans ta pauvre chanson du soir
Les mots tremblent comme des feuilles.

Le cœur finit par s'endormir
De la tristesse de chaque heure,
Puisque c'est la loi que tout meure
Et que tout pleure de mourir.

Au crépuscule qui te noie,
O toi qui ne souris jamais,
Tes yeux purs sont toute la paix,
Ton cœur est grand comme la joie !

Que ton âme sans horizon,
Accueillante à tout, triste et pure,
Soit le calme de la nature
Et la souffrance des maisons.

Oh ! sois douce, grave et bénie,
Toi qui m'as chanté la chanson
Où j'ai senti comme un frisson
Que la douleur est infinie.

Que nous importe l'avenir,
Moi, vieux cœur que le temps affame,
Et toi, grande âme et pauvre femme,
Qui n'attendons plus rien venir !

Tu hantes la vieille demeure
Parmi le soir paisible et doux,
Et tu chantes : autour de nous
Rien n'écoute et pourtant tout pleure.

L'OUBLI

Je ne la verrai presque plus...

Je n'ai rien en moi qui résiste
A ce qui fuit tout doucement.
Je n'ai rien en moi qui m'assiste...
Je m'assois au rayon dormant, —
J'écoute passer le jour triste,
Je suis triste tout simplement.

Dans la cour une voix ravie
Chante un refrain toujours pareil
Sur la route toujours suivie.
Un rayon coule en ce sommeil ;

20.

Je sens le calme de la vie
Qui ne dit rien dans le soleil.

Mon mal est fini comme un drame.
Nul remords, n'importe lequel.
Le soleil traîne avec sa flamme
Sur le mur, silence éternel.
Et le jour passe dans mon âme
Comme s'il passait dans le ciel.

Je n'ai que la mélancolie
D'avoir bien fini de souffrir ;
Doucement, dans l'heure pâlie,
Le rayon pâle vient s'offrir...
Le printemps commence et j'oublie,
Je vais vivre, je vais mourir.

Humble dans le soleil modeste,
Je sens tout m'abandonner, tout.

J'oublie un peu dans chaque geste.
Tout s'endort, je ne suis plus fou.
Ta chanson s'éloigne et je reste,
Et je ne pleure pas beaucoup.

Pourtant, le long des grands espaces,
Parfois, il tressaille un adieu ;
Parfois, à mes paupières lasses,
Le jour tendre frémit un peu,
Toi qui t'en vas, toi qui t'effaces,
Toi qui montes dans le ciel bleu.

Un reste de lumière trône
Au firmament déjà bien noir ;
Par la pauvre fenêtre jaune
Le ciel a tremblé sans savoir ;
Ton souvenir est une aumône
Dans la misère de ce soir.

PRIÈRE A SOI

Après la fête automnale,
Rempli d'une horreur d'espoir,
Je reviens, vision pâle,
    Dans mon soir !

On dirait que les champs meurent,
Au soleil illimité.
Je m'arrête ; mes yeux pleurent
    De beauté.

La terre est une prière,

L'ombre s'est mise à genoux,

Et je sens que la lumière

    Vient à nous.

Je vais, je vais reconnaitre

Le seuil docile, éternel,

Les murs gris, et la fenêtre

    Dans le ciel.

Et près de la vitre éclose

On peut me voir un moment,

M'incliner vers toute chose

    Tristement.

Et voilé du long silence,

Tremblant de faim et de froid,

Je comprends, angoisse immense,

    Que c'est moi !

Le pauvre monde m'implore,
L'ombre est l'ombre d'autrefois...
Mes bras s'étendent, j'adore,
Et je crois.

LA MORT DU SILENCE

Dans mon âme aux tendresses folles
A l'enthousiasme étoilé,
Est un grand bienfait de paroles,
Et je n'ai pas encor parlé...

Oh ! la caresse toujours prête
Des mots qu'on n'a pas dits encor,
La grande et bienheureuse fête
De voir demain comme un trésor...

Les gloires encore mal acquises,
Les chants encor mystérieux,
Toutes les promesses exquises
Par lesquelles je vivrai vieux...

C'est mon orgueil fou de vaillance,
C'est l'avenir ivre de foi,
C'est la splendeur de mon absence
Quand l'homme rêvera de moi.

L'espérance sage et bénie
Est radieuse au fond de moi,
Et ma gratitude infinie
Attend l'heure où je serai roi.

Sûr d'une vague apothéose,
Je suis le sage aux arbres noirs
Qui se sourit et se repose
Au paradis perdu des soirs !...

Mon rêve isolé, magnifique
Tressaille, écoute, attend en chœur
Quand l'avenir n'est que musique
Dans l'ombre adorable du cœur.

Oh ! cette paix de mon génie
Cette paix qui va s'en aller,
Qui va jeter mon harmonie
A la victoire de parler !

La sombre et grise mélodie
Qui doit éclairer les vivants
Attend le soir de l'incendie,
Le soir ébauché par les vents !

Quand l'heure viendra qu'on y croie,
Mes vœux, mes vertus, ma bonté
Jailliront pour mourir de joie
Dans l'implacable vérité.

Je n'aurai plus, seul, sans histoire,
Que mon élan pour m'appuyer...
Hélas, ô sacrifice, ô gloire,
O silence qui va saigner.

LE PROPHÈTE

Il répondit : « Tu viens bien tard. »

Le soir sur l'univers vague comme un appel,

Je vois des bras confus près du mur clair et sombre ;

Et tout se sacrifie à la pâleur du ciel.

Le crépuscule veut la prière qui sombre,

Le peu que nous avons en nous de maternel

A l'heure vague et triste où l'on se donne à l'ombre.

Tu t'assois sur un banc comme pour mendier...

Le demi-jour est plein de foules disparues,

Le silence est un cri qui ne peut pas crier.

21.

Comme l'Autre, Seigneur, tu verras dans les rues
Les hommes revenir en pleurs pour oublier,
Et les filles qui rient pour être secourues !

Que les vieux jours sont loin, que tous les jours sont vieux,
Dans ce dernier refuge où d'année en année,
Le soleil a laissé l'épave de tes yeux.

Attendri, comme tout, dans l'heure abandonnée,
Tes regards ont cherché d'abord au fond des cieux
Un peu de la blancheur où s'en va la journée.

Et rien ne te couronne, et rien ne t'a chanté,
Et nul ne te connaît des enfants et des hommes
Dans le dernier refuge où tu t'es arrêté.

Le destin fut amer au vieux monde où nous sommes ;
Si peu que nous ayons aimé la vérité,
La vérité peut-être a moins aimé les hommes !

Et tu tendras les mains vers le jour épié,
Le soir est inutile à la ville de pierre
Et l'azur dans le ciel semble crucifié.

Entr'ouvrant sur ta lèvre un baiser de prière,
Et redressant un peu ta joie et ta pitié,
Tu sentiras tout seul l'aumône de lumière.

Oh, c'eût été si vague et si bon d'être heureux...
Ils n'auraient presque pas vu changer le soir pâle
Qu'il tombât en silence ou qu'il tombât pour eux.

Voici que doucement ta nuit est triomphale,
Tu te lèves, baigné d'un soleil ténébreux,
Et l'ombre se caresse entre tes doigts d'opale.

Demeure, pâle et pur, dans le silence en chœur,
Si dépouillé, si las, au fond de ta défaite,
Que l'on voit presque à nu la clarté de ton cœur.

Seigneur, toi que l'on trompe et qui baisses la tête,
Tu sentiras, brûlé par le soir de longueur,
La faim qui crie en toi comme une grande fête.

Laissons les maladroits et les irrésolus
Qui prêchent d'oublier tout doucement, sans cause,
Et qui croient consolés ceux qui ne souffrent plus.

Et le fou méprisant combien toute âme est close
Qui de sa foi béate ivre de plus en plus,
Rêve de consoler quelqu'un ou quelque chose.

Tous ceux que la douleur n'a pas faits douloureux,
Au milieu du désert, sans haine, sans envie,
Les pauvres égarés qui peuvent être heureux.

Ceux qui croient que l'amour mérite qu'on l'envie,
Ceux qui peuvent dormir quand la nuit est sur eux
Et qui nomment le ciel ce qui manque à la vie.

PRIÈRE

Va sans savoir, respire, écoute.
Dis ta gloire n'importe auquel ;
Si grand que tu sois sur la route
L'amour te laisse, comme un ciel.

Au milieu des cris du théâtre,
Et de leurs serments de malheur,
Écoute, étoilé comme un pâtre,
Le silence de la douleur.

Moi qui ne sais pas de prière,
Toi si bon au-dessus de nous,
Je voudrais sourire à la mère
Qui t'a tenu sur ses genoux.

Permets qu'à tes pieds adorables
On rêve, on rêve aux jours d'avant
Où, comme les plus misérables,
Tu n'étais qu'un petit enfant.

Tous les nids sont un peu prospères,
Nous sortons tous d'un vague abri...
Les dieux et les pauvres sont frères
Par le peu d'enfance qui rit.

Comme ma dernière tendresse,
Veux-tu qu'en un soir effacé
Je sois un peu de la caresse
Des seuls jours qui t'ont caressé !...

Au lieu de crier solitaire
Puisse le soir être avec toi ;
Puisses-tu parfois sur la terre
Sourire sans savoir pourquoi.

L'ABSENT

Tu deviens la vie incertaine...

Toi dont le grand cœur fut le nôtre,
Plein de douceur et de secours !
Tu partis, le soir, comme un autre.
Il me semble que c'est toujours !...

Et nous, nos rêves se hasardent,
Nous vivons ton sublime adieu,
Et nos yeux s'ouvrent et regardent
Le départ qui t'a fait vrai dieu.

Et depuis, ta fête invincible
Nous rend inutiles et las...
Que fais-tu, toujours impassible
Dans la gloire d'être là-bas !

Tu nous domines de silence,
Tu nous hantes d'éternité...
Dans quelle effroyable distance
Vas-tu, plein d'immobilité !

Nous avons beau, nous les victimes,
Aimer et rire à nos amours,
Sur la lampe et les fronts intimes
L'éloignement veille toujours !

Dans le salon aux nuits splendides,
Le froid nous glace les genoux,
Les grands murs sont noirs et placides.
Tu ne dis rien, bien loin de nous...

Quand l'heure approche où tout sommeille,
Quand le foyer tiède est berceur,
Nous forçons, forçons notre veille,
Epouvantés par la douceur !

Quand tout repose dans les villes,
Dressés comme sous une loi,
Nous sentons à nos doigts fébriles
La fenêtre s'ouvrir à toi !

Sacrés, somptueux, en silence,
Nous voyons naître en la cité
Ce frisson de magnificence
Dont tressaille la vérité...

Et poursuivis par ton absence,
En quête de paix sans espoir,
Parmi l'heure qui nous encense,
Descendons aux jardins du soir...

22

Là, jusqu'au ciel bleuâtre et sombre,
La vie est grande comme un roi.
Les troncs resplendissent dans l'ombre,
La gloire qui passe, c'est toi !

TABLE DES MATIÈRES

LA LAMPE

LA HAINE

LE SILENCE DES PAUVRES

ÉVREUX, IMPRIMERIE DE CHARLES HÉRISSEY

CONTRASTE INSUFFISANT

NF Z 43-120